蒋振东 主编

天使只在夜里哭

坏蓝眼睛 著

U0132997

北京出版社

图书在版编目（CIP）数据

天使只在夜里哭／坏蓝眼睛著. —北京：北京出版社，2004
（神幻爱情系列／蒋振东主编）
ISBN 7－200－05811－4

Ⅰ. 天… Ⅱ. 坏… Ⅲ. 故事—作品集—中国—当代
Ⅳ. I247. 8

中国版本图书馆 CIP 数据核字（2004）第 126036 号

天使只在夜里哭
TIANSHI ZHIZAI YELI KU
蒋振东　主编
坏蓝眼睛　著
＊
北 京 出 版 社 出 版
（北京北三环中路 6 号）
邮政编码：100011
北京出版社出版集团总发行
新 华 书 店 经 销
北京北苑印刷有限责任公司印刷
＊
880×1230　24 开本　4.75 印张　彩插 16 面　76 千字
2005 年 1 月第 1 版　　2005 年 1 月第 1 次印刷
印数 1—20 000
ISBN 7－200－05811－4
G·865　定价：15. 00 元

自　序

曾经一度陷入超现实的爱情臆想中。

大约是2003～2004年之间，我总是沉溺于一些都市悲情男欢女爱中，差不多的场景，差不多的情节，都是在爱恨情仇里苦苦纠缠的劫难。

偶然的一个契机，我开始写一些关于生活背景之外的故事。当然，我总是免不了俗气，去一遍一遍地书写爱恨情仇，那些模糊了时代、空间，却与我们息息相关的情感。

在这些波澜壮阔的爱里，永远会有一个用情至深的女子，她承受着某种注定的诅咒，并爱上了某个时而温情时而决绝的男子。他或是王子，或是天神，而他们对爱的把握，却远远低于他们的对手。

我从来不觉得童话或者传说中的那些经典女人们都是美好

的。她们的美好都与眼泪有关系，比如鱼的毁灭、天使的眼泪、树的决然。

穿越时空，我们同样可以找到我们的影子，在这些传闻中若隐若现，只是我们都将自己隐藏了，劝服自己放手了，都将一切归结为缘了。

爱，远不是一纸书可以描述尽的。如果你也有过夜深人静落泪的往昔，那么，不要让自己去忘记，毕竟，你是你自己的天使。至少在爱里。

2004 年 12 月 12 日北京

CONTENTS 目 录

天鹅之咒

天使只在夜里哭

海水比你细嫩的手指柔和得多，但是它可以改变石头的形状，同时它没有痛的感觉，而你的手指却会感到痛，因为它没有心，因此它不会感受到你所爱的苦和痛……

1

从一开始，我就知道，这一场灾难，是由我而生。

其实这是一个最最普通不过的故事，我甚至不能用任何华丽的词藻来为这个故事编织一个美丽的花环，好令这个故事看上去尽量芬芳一点，然后再慢慢剥离开来，呈现在你们的面前。我只能充满忧愁地，平铺直叙地来给你们讲述，这个关于灾难的故事，我的，故事。

我，莫尔狄拉，一个刚满 17 岁的金发女子。我没有天使的美丽，也没有公主的高贵，我不过是一个如清晨的花瓣上悬挂着的露珠一样的女子——乔德安森曾经这样说过我。

乔德安森，我从一出世就爱上的男子。我曾经无数次对着夜空的繁星想，如果乔德安森只是一个凡俗中的普通男子，那么，我们的一生，会不会就此改写？会不会像一切世俗的男女一样，携手老去。

可是，没有什么是可以预料的，如同没有什么是可以计划的一样。

苏泊司，我们国度威严的国王出现了。

那是一个最平常不过的早晨。苏泊司的出现，如同这个早晨一样平常。他经过我所在的田园，然后目光停留在了我的身上。在我慌张的目光里，他的眼睛开始发光。

这，就是故事的开始。

如果可以，我真愿意从那刻起，将自己变成一座雕塑，沉睡在庄严的国王迷惑的眼睛里；如果可以，我真愿意那个早晨，不过是无数次奢华的梦境之一，醒来一切都忘记。可是，没有如果，也没有可以。被迷惑了眼的国王，爱上了乡间行走的女子。而这个女子，从出生起就有一个永不可替代的心上人。

2

我是在乔德安森失踪第 100 天的时候才知道，原来他的失踪，是因为我。

巫术，在很多国家都被明文禁止，可是，它在我们国家，却被用作惩罚一切不合国王心意者的工具。

可惜，因着国王对我的眷恋，所以，受惩罚的，不是我，而是可怜的、无辜的我的心上人——乔德安森。

他现在失去了他俊美的外貌，健康的身体。他，被国王的巫师变成了一只有着洁白羽毛的、整日翱翔盘旋的野天鹅，并被放逐到了离我们国家十万八千里的海的另一端的一个陌生国度。

我呆呆地看着同一片湛蓝的天空下的另外一个国家，耳边响起了女巫玛姬的话，孩子，是你害了他。这就是宿命。只有雅典

天鹅之咒

天使只在夜里哭

娜才可能救你。可是，女神，不是每个人都可以轻易遇到的，那得需要一些冥冥中的奇迹。

我真恨。但是我无能为力。我只求遇到奇迹。

她继续说，好了，现在你的心上人，是一只只会飞翔的愚蠢的天鹅。跟我去国王的宫殿吧，他眷恋你，会给你最好的象牙床和一个硕大的玫瑰园。孩子，忘记这只天鹅，幸福就在彼岸，你只需一伸手，就可以触摸得到。

我看着玛姬喷着怒火的眼睛，轻声地说，其实，你是懂得我的，对吗？你爱国王，一点都不比我爱乔德安森少，对吗？可是，我们一样都不能得到我们心上人的心。

玛姬的脸，迅速地暗了下来，我们对峙。头顶上，是毫无目的飘零的秋天的落叶。在离我们不远处，是等待她游说成功后凯旋的国王的部队。

我有的选择吗？我爱着一个人，我真的无比明白她的心情。她爱的男人，要她毁灭掉一切，只为成全他不小心的艳遇。而她，还要费尽心机去做。我悄悄地走到她的耳边，低声说，如果你肯成全我，请你给我一个咒语，将我的面貌毁坏，那么，我就可以跟我的心上人一起四处飘零，而你，也可以看到你的心上人死心了。好吗？

她的唇轻轻地颤动了一下，念了一个咒语，我就感觉到了周身的变化。她用力把我一推，然后对着我大声喊，孩子，只有雅典娜的眷顾才可以解救你。上帝保佑善良的你。

我用尽了我生平的力气，开始了我的长途跋涉。我向着我们国家相反的方向狂奔而去，乔德安森，乔德安森，我的心上人，我就是拼了性命，也要和你在一起。

3

　　我从此开始了漂泊的生活。

　　我不知道我要走多久，才能到达海那端的那个国家。但是心中有信念，我就有无穷的力量，我爱乔德安森，哪怕他只是一只会飞翔的蠢鹅，我也爱他，我愿意陪着他一起，清晨到黄昏，直到永远。

　　走累了，我就会伏在一块大石头上休息；口渴饥饿了，我就会摘路边的野果吃。有一天，我走到了一片湖水边，我突然看到了自己，我几乎被自己所看到的给吓昏过去，那湖水里面的倒影，是我吗？是那个清晨花瓣上的露珠一样的莫尔狄拉吗？我看到的，是一个头发枯黄、面容憔悴、衣衫褴褛、步履蹒跚的魔鬼。乔德安森，对不起，我没有保持你最喜欢看到的容颜，我该怎么样去面对你……我伏在湖边哭泣起来，那么无助，那么绝望。我被自己的丑陋所击倒，莫尔狄拉，乔德安森的莫尔狄拉，就是这样一副鬼样子吗？

　　哭累了的时候，我转身看到一个闪烁着金光的女神站在我的面前，双目含笑地看着我。

　　莫尔狄拉，你已经哭了整整一个下午，有什么事情令你如此伤心？

　　我用很简单的几句话，把我的故事讲述了一遍。她笑了，说，如果以你这样的速度，你走到白发苍苍，也可能到达不了。即使你在头发白之前到达，你这副样子，他见到你，也不会再爱你了。

　　我使劲摇头，无力地辩解，怎么可能，怎么可能？他爱我，

天使
只在夜里哭

而不是爱着我的容貌。

那么，他爱的是你的什么呢？

我张口结舌。她又笑了起来，好吧，你可以不听我的话。人类，总是要吃完苦头，才会了然一切的。

我迷惑地看着她说：你能告诉我，你是谁吗？

她再次笑了，拍了拍我的头说，我是雅典娜。

天，我居然在这样的时刻，遇到了女神雅典娜，这是天降奇迹呀！我悲喜交加，跪倒在她的面前，恳求地说，女神，女神，求你救我！

雅典娜说，我见过世间无数的痴情女子，都被世间的薄情男子伤害，但是，轮回中，永远还是有人参不透。我们可以相遇，就说明我和你有冥冥中的缘分，我可以帮你救你的心上人，但是你要为此付出惨痛的代价。你觉得值得吗？

值得，值得。我几乎是脱口而出，声泪俱下，我从出生，就再没有预备过爱别人。我愿意为他付出任何代价，况且他的遇难是为着我。

雅典娜说，海水比你细嫩的手指柔和得多，但是它可以改变石头的形状，同时它没有痛的感觉，而你的手指却会感到痛，因为它没有心，因此它不会感受到你所受的苦和痛。莫尔狄拉，你明白我的话吗？

我点点头。她继续说，只有生长在教堂墓地里的荨麻，才可以救你的乔德安森。你得采集它们，它们会把你的手烧得起泡。你得用赤裸的双脚把这些荨麻踩碎，然后你才可以得出麻来。你把它们搓成线，织成长袖盔甲，披到野天鹅身上，他身上的魔力就可以解除了。从你开始那个工作一直到你完成，即使这全部的工作需要一年的时间，你也不可以说一句话，哪怕你只说出一个字，也会像一把锋利的短箭刺进他的心里，而且你所做的一切，都会前功尽弃。他的生命是悬在你舌尖上的。

我呆呆地听着雅典娜的话，她说，你可以做到吗？

我点了点头，她也点了点头。刹那间，我感觉浑身灼痛，然后昏了过去。醒来的时候，我躺在一片海滩上，我的头顶上，盘旋着一只巨大的野天鹅，那一定就是乔德安森。是的是的，我摸了摸自己的脸，发现无比光洁和柔滑。感谢雅典娜，将我的容貌恢复，又将我带到了海这边的王国，令我可以见到我的心上人。

我突然想起来她对我说的话，于是，我封住了口，一刻都不敢闲地奔向了墓地。

4

当我双手布满了被扎伤的水泡，捧回了辛苦得来的荨麻时，我看到了乔德安森。

太阳不见的时候，他便可以恢复人形。但是我却不能告诉他我有多么地爱他，爱他为我遭受的苦难，爱他孤苦伶仃的漂流。

他不知道，为什么我会突然出现；他不知道，为什么我会捧回那么一堆可怕的植物来；他不知道，为什么我一句话都不能够说出口；他甚至不知道为什么，一夕之间，他的命运就那样改变了。我看着他愁苦的容颜，真想告诉他，我是多么地爱他，我是多么地内疚，我是一个不吉祥的女子，我的出现，令一切变成灾难。可是，我一句话都不能说，只要我违背了诺言，我最爱的男人就会死在我的手里。这是多么恐怖的事情，我暗暗下定了决心，无论如何，我都要把这件重大的事情完成好，我盼望乔德安森得到救赎。

天
鹅
之
咒

天使
只在 夜里 哭

我日复一日地沉默着，终于令乔德安森对我失去了耐心，他不再每晚愁苦地蹲在我面前苦苦寻求生命的真谛，他白天四处飘荡，晚上就会颓废地买醉。我，永远是沉默不语地编制那件烫得我双手都是血泡的盔甲。我的速度非常非常慢，因为每碰一下那植物，就会有钻心的刺痛袭击我。我几乎忍不住要喊出声音，但是我咬紧牙关，不让自己发出一丝声响。有时候我的眼泪会悄悄地滑到我红肿的手上，经过之处，竟然冰凉沁人，似乎有一些神奇的力量，令我忘记疼痛。

每天晚上，我都会趁乔德安森睡着之后，悄悄地去墓地采集新的荨麻，赤脚将它们踩碎，抽出麻线，为第二天的编制做准备。这样的日子，似乎是痛并快乐着的。时光飞逝如电，转眼，我已经织出了长长的一片。

如果不是潘德洛普的出现，也许我……或者，这也是一个安乐的结局。我受尽委屈之后，终于把那件盔甲编制成功。我想像着自己会含着眼泪把它披到乔德安森身上，然后看到他身上的诅咒解除。我会把一切都告诉他，我们俩的爱情会因为遭遇了这么多的苦难，而格外耀眼起来，然后我们彼此握紧对方的手，决定永远生活在一起……

多么催人泪下的童话。你们看完之后，一定会含着眼泪微笑着，感慨爱情的伟大……而我再次难过起来。我，是在编织一个看上去悲喜交加的美满故事，而事实上，谁都不可以擅自预言故事的结局。

在我一厢情愿地为我自己的童话安排好一个大概的结局时，潘德洛普出现了。

从此，一切，全部都改写了。

5

那一天，似乎有一些奇怪的暗示。

我发现我前夜采集回来的荨麻，有一些，是我误采回来的荆棘。昏天黑夜，又加上墓地的凄冷，令我有迅速回归的恐惧，所以，我误采回一堆和荨麻生长在一起的荆棘。我懊恼死了，手边已经没有了麻线。而现在正是艳阳高照，如果有人看到我一个人跑去墓地抱回来一堆奇怪的植物，我一定会被误会成一个具有某些神秘法术和魔力的女巫。更可怕的是，我不能为自己辩解，即使我可以辩解，谁又会相信我所说的一切？那简直太传奇，太不可思议了。在这个国家，巫是一个令人深恶痛绝的族落，他们通常会利用一些魔法为非作歹，所以人人都痛恨着。这个国家甚至为惩罚巫师制定了一条律法，那就是当众火刑，据说被施以火刑的人，连灵魂都会被烧死，从此永世不能重生。我深吸一口凉气，惧怕至极。

后来，我想了一个办法。我穿上一袭黑衣并遮掩住面容，化装成一个老婆婆，然后找了一个提篮，假装是去墓地祭祀死去的亲人。我就这样，走到了那片辽阔的墓地里。

墓地在白天和晚上简直是两个世界，白天看上去，一切都是那么地井然、肃穆、庄严，那些在晚上非常恐怖的植物此刻看上去也异常无辜，它们静静地，随着风吹来的方向摇摆。我向着那些荨麻走去，弯下腰身，伸手采集。突然，我被一匹高头大马给撞倒，我毫无防备地歪倒在植物丛里，还没有等我反应过来，那匹马已经奔向远处。

原来是一匹受到了惊吓的马，所以才会肆无忌惮地狂奔。我

爬起来，想继续采集，却看到一个英俊的男人，站在了我的面前。他深深地向我鞠了一躬。

非常对不起，无辜的姑娘，我的马撞到了你。

我心里一惊，才发现我戴的黑色头饰已经脱落到地上，我的一头浅棕色的头发披了满满一肩。我含笑表示没有关系，然后想赶快逃离此地。谁知道，他竟然跟随上来，问道，美丽的姑娘，你怎么会一个人在这样的荒郊野外？

我的脸变了颜色，脚步加快了一些。我不能被人给识破，不能被人注意。我暗自祈祷，求他放过我，我只希望赶快带着那些我好不容易采到的荨麻回到我和乔德安森的家里，抓紧我的进程。

看到我惊慌失措的表情，他对我更加好奇。他一把抓住了我的胳膊，说，你不要害怕，我是潘德洛普，这个国家的国王。

……

6

我几乎被这句话钉在了原地，不能行走。我真的想笑，但是我的笑容比哭还难看，我，一直在躲避全世界的我，居然，遇到了，这个国家的国王，在这种防不胜防的情况之下，毫无力量去逃避的情况下。我恐慌地想到了一切的可能。

可是……他怎么会那么年轻？年轻得像一个王子。

我忽然想起了苏泊司，那令一切成为灾难的苏泊司。他和他完全不一样，他那么庄严，那么不可一世，而眼前的潘德洛普，如此温文，如此迷人。可是他们却以基本雷同的方式与我相遇。

我不过是一个平凡的俗世女子，怎么可能会连续两度遭遇国王？难道宿命注定了我的命运，必将是波澜壮阔，而不能圆满我的最低微的梦想？或者，我真的不是一个吉祥的女子，苏泊司是上天派来给我灾难的人，而潘德洛普则是来结束我凄凉生命的。我决定不再和命运抗争，应该来的，无论怎么样的躲藏，都无济于事。只是，我唯一遗憾的是，我还未能将自己带给乔德安森的灾难亲手化解。再没有一个人，会如我这般地，为他受尽苦难，那么，他的咒语将永远笼罩着他……

我双手捂住脸，泪水肆无忌惮地流了下来。潘德洛普看到了我灼伤的双手，他将我的手握在他的手里，直视着我的眼睛说，你一定是一个饱受了苦难的天使，否则，你怎么会有如此精致的面容，又有如此悲恸的表情。我从来没有见过将两种天壤之别的神情糅和得如此天衣无缝的女人，我的天使，我要结束你的苦难，假如你的善良配得上你的美貌，我将使你穿起丝绸和天鹅绒的衣服，在你的头上带起金制的王冠，把我最华贵的宫殿送给你作为家。

我没有办法言语，我只好拼命地摇头。他不懂我的，他不明白我的一切，他和世间的男子一样，不过是看惯了风花雪月之后，突然被一枝野生的蒲公英遮掩住了眼睛，绊住了腿脚。他和苏泊司一样，贵为一国之君，见过了太多的逢场作戏，听过了太多的甜言蜜语。我怎么才能够说服他放弃可怜的我，让我心无旁骛地完成我的理想？

我正在忧愁，突然看到一队人马列队来迎接潘德洛普。

原来，大主教陪同国王外出骑马，经过墓地的时候，马受到了惊吓，把国王摔了下来，然后夺路而逃。大主教赶快赶回王宫，把侍卫队给唤了来。

看到陌生的我，大主教的脸色沉了下来，他低声问潘德洛

天鹅之咒

天使
只在夜里哭

普，尊敬的国王，这位陌生的女子……

潘德洛普微笑地看了充满迷惑的大主教一眼，牵着我的手说，我的天使，走吧，到我的宫殿去，我要把你的愁容舒展开。

一匹马，由潘德洛普驾驭。我坐在他的前面，触到他年轻的胸膛。他的左手拥着我的腰身，右手轻轻一挥鞭，那匹马便昂扬地奔跑起来。后面跟随的，是保护国王的浩浩荡荡的队伍。瞬间，一阵奇异的感觉侵袭了我，这感觉好熟悉，似乎在很多很多年前，曾经有过，后来就丢失了，直到现在突然降临。我摇摇头，否定了自己的迷乱，那一定是幻觉，一定是幻觉……

7

日落的时候，我们走到了一个有许多教堂和圆顶建筑的都城。

巨大的喷泉在高阔的、大理石砌的厅堂里喷出泉水，所有墙壁和天花板上都绘着辉煌的壁画。潘德洛普拉着我的手，笑着对我说，我的天使，你还喜欢这里吧？

我从来没有看到过如此美丽的殿堂，我只是在壁画里面见过如此的景象，没想到此刻，我竟然置身其中。每一块砖瓦都似乎金碧辉煌，每一个角落，似乎都是珍宝堆砌。潘德洛普说，我不知道你的名字，也不知道你来自哪里，但是我想，你一定有一些不愿意提起的往事。我唤你作曼妮，你在这里可以回到梦中的老家。你就住在这华丽的环境里吧，你可以回忆一下那段过去的日子，作为消遣。

原来，国王，并非都是不可一世、庄严威武、独断专横的。

我双目含泪地跪在他的面前，感谢他为我做的一切。潘德洛普将我扶起来，说，你喜欢我唤你曼妮吗？我点点头，他说，好，不管你以前是谁，从此以后，你是曼妮。

8

时间飞一样地奔跑着，转眼，我跟潘德洛普来到他的宫殿已经一个月了。

这30天，改变了我的一切。

我变成了曼妮，穿上了遍结丝缎的长裙，每天陪着国王一起在花园散步，吃着国王馈赠的各类珍果，听着美妙的音乐，太阳落山的时候，他会携我看夕阳。我几乎忘记了一切，忘记了还在受着灾难的乔德安森，编织的行动也慢慢地延迟了下来。

并且，我爱上了潘德洛普。

如果有一个理由可以说服我不爱他的话，我一定会奋力地接受。

可是，没有一个理由，说服我自己不爱上他。我在无数次的矛盾斗争之后，终于颓败在自己的面前。我曾经以为一辈子只能有一次的爱情，终于背叛了我自以为是的忠贞，并再次发生在我的生命里。而我，被这突如其来的爱情冲毁了一切，我忘记了一切，我甚至开始贪恋眼前的一切，贪恋和潘德洛普在一起的时光。尽管我们没有说过一句话，但是，似乎我们之间，已经不需要语言的交流，也可以心灵相通。

潘德洛普，潘德洛普。

我虽然不能说出一句话，但我是那么细致地感受到了潘德洛

天
鹅
之
咒

天使
只在夜里哭

普的爱怜和眷顾。我一直以为，除了乔德安森，不可能再有任何男人会走进我一直封闭着的心里。不是没有过抗拒，但是无济于事。突然想念起了金光闪闪的雅典娜对我说的话，当我固执地守着自己所谓的永远不变的感情时，她那样地笑了，充满着看透之后的苍凉的笑。原来她早就看穿，看穿我会有这样的一些感情纠葛，所以她才会那样地，嘲笑我的执拗和天真。

有天晚上，我躺在潘德洛普的怀抱里安睡，突然梦到了一只天鹅，低低地哀号，无助地盘旋，一直一直地飞着。猛然间，我看到天鹅的后面有一团燃烧的火，就快要烧到它了。我很想伸手抓住天鹅，救它出火难，可是，无论如何，我都没有办法靠近它。我焦急得快要疯掉了，这时候，雅典娜出现了，她面容平静地对我说，莫尔狄拉，你现在明白我的话了吗？

我低垂着头流泪，无言以对，心内无限愧疚。她继续说，孩子，这不是你的错。你，不过是凡间一个普通的人，就算是神界，面临感情，也都是一筹莫展的，包括掌管爱情的丘比特，他又何尝不是一样，是一个在爱情里面焦头烂额的小孩子。其实你的未来，我早已经看得清清楚楚，但是你不需要知道，你只需要去经历，你会明白，世间上的事情，重要的，并不是什么样的结局，而是你经历了什么，你明白了什么。不要妄图去求证什么真理，这世间，原本没有真理可言，你只需要明白你要的是什么，就足够了。你明白我的话了吗？莫尔狄拉。

醒来的时候，我决定，无论我对乔德安森的爱还在不在，我都一定要完成我曾经承诺过的事情，只有我，只有我，可以解除那只天鹅的诅咒，即使我真的，已经不再爱乔德安森。

9

我悄悄地溜出了皇宫，到墓地去采集新的荨麻。这些时日，我手上的伤，早已经因着潘德洛普的疼爱，痊愈了，而且手也变得更加细嫩柔软。再次的采集令我感受到更加钻心的刺痛，我倒吸一口冷气，几乎有眼泪尾随而下，我咬紧牙关，强忍住揪痛。等到采集完毕之后，正要返回宫殿的时候，我被一队人马堵在了现场。

领队的，是一直对我厌恶不堪的大主教。他的眉头皱得很紧，声音异常严厉地说，你到现在，还敢否认自己的女巫身份吗？所有的人都可以作证，你是一个应该被烈火烧死的该死的巫！你一定是被什么人派来迷惑伤害国王的！

我使劲地摇头摇头，我有万千句委屈，但是我该怎么说出口。我被士兵们绑到了马上，来到了一脸忧伤的潘德洛普面前。

原来我的悄悄出走，令他产生了怀疑，他是那么爱我，那么信任我，可是我，却在他排除万难无比相信我的时候，做出了如此奇怪的事情，他似乎对我失望极了。大主教开始绘声绘色地描述在墓地里看到我时的情景，我眼睁睁地看到潘德洛普的眉头越皱越紧。他不止是一个男人，一个爱着我的男人，他还是一国之君，在他的臣民面前，他对我再也无能为力，于是他叹了口气，走回了宫殿。大主教当场宣布，这个来自墓地的可怕的女巫，被处以本国的最高刑罚——火刑。

我心如刀割，却无法挽回。潘德洛普，对不起，我的潘德洛普，我没有办法解释这一场误会，我只能祈求上天能令他明白这一切，明白我对他的心。

天鹅之咒

天使只在夜里哭

举国上下一片唏嘘，我含泪地想，会的，大家都会津津乐道地谈论起年轻的国王被一个可恶的女巫欺骗的传闻，这会是永远被载入史册的丑闻，而我，也将会永远地作为恶毒的形象一代又一代地流传……这些，也都没什么关系吧，可是，我还有时间，去完成那件盔甲吗？

我死不足惜，只希望在死去之前，能够把我的心愿完成。

我在死囚牢里，马不停蹄地编制我的盔甲，每一分钟，在我看来，都变得那么珍贵，我要抓紧我生命里面最后的时光，完成这一件事情。

10

天亮了。

执行死刑的时间马上就要到了，我被拉着向刑场走去。一路上，挤满了看热闹的行人。我所到之处，大家都用南瓜和番茄向我投掷，我还听到了一些窃窃私语——看啊，就是这个女人，她是一个女巫，她吸走了国王的魂魄，晚上就到墓地去作法诅咒。天啊，赶快烧死这个可怕的女人吧……你们看她的手里，还在织着神秘的东西，那些好像是荨麻，那种植物，只有墓地才会有的啊……

大主教宣布了我的罪恶，然后下命令，点火。

还差一只袖子，还差一只袖子啊，我多么恨，恨自己荒废了那些岁月，否则，这件盔甲早就应该完成的啊。我仰天而哭，天，我的苍天，我的一生，就这样结束了，我本不是吉祥的女人，我应该遭受这样的处罚，可是我爱的人，潘德洛普，一定会因着这一场误会恨我一生，而乔德安森，又岂不是一样地，永远在轮回里承受着因我而起的诅咒……

我看到火苗开始向我逼近，突然，我看到天空飞来了一只洁白的野天鹅，是他，乔德安森，他没有忘记我，尽管，他为我，受尽了苦难，尽管我在他为我遭受苦难的时候，甚至背叛了自己的情感，移情于潘德洛普。我奋力地把缺少一只袖子的盔甲向它抛去，一阵金光闪过，天鹅顿时变成了乔德安森。他的诅咒，终于被解除了，他哭喊着叫着我的名字，莫尔狄拉，莫尔狄拉，我的爱人，我的爱人，我明白你为我，受了多少的苦啊！

说着，他义无反顾地冲向了火里，将我紧紧地抱住。我可以说话了，我终于可以说话了，我却不知道我应该说什么，我被眼前的景况给吓呆了，刚获得重生的乔德安森，居然放弃了自己的生命，就这样奋然地决定和我一起。我泪流满面，火烧到了我们的身上，他紧紧地抱着我，然后我们就昏迷了过去。

11

醒来的时候，我和乔德安森在一片广阔的草地上。

有鸟虫在鸣叫，有小溪流过我们的身边。一切都如同一个巨大而恐怖的梦。我摸了摸自己的脸，我不是已经死了吗？乔德安森就在我的身边，他的嘴角流露着微笑，那种心满意足的微笑。

这是什么地方，我不知道，我们怎么会来到这里的，我也不知道。

孩子，雅典娜笑着出现在我们面前，孩子，你们的爱情感动了宙斯，他命令我救你们出了火刑之中，而且决定，这一片森林

天
鹅
之
咒

由你们掌管，你们都成了神。这草原，这湖泊，都是属于你们的，你们好好地相爱，好好地生活，好好地感恩。

我不能言语，我手脚冰凉，此刻我一点都没有因为自己的重生，而有半丝的欣喜，我的脑子里，全部都是潘德洛普的影子，他那绝望得冰凉的脸，和他对我无比的耐心和关爱。我现在终于可以讲话了，可是，一切都已经晚了，我不能告诉他我是多么地爱他，多么地想他。我黯然地伏在地上，久久不肯起身，雅典娜的眼睛里面飘出了一丝诧异，她对我说，莫尔狄拉，你为什么不快乐？

我看着身边神采飞扬的乔德安森，说不出一句话。我摇摇头，说，谢谢你，我的女神。

12

我再也没有了笑容，无论我生活得多舒适惬意。

谁都不知道我不快乐的理由。我已经得到了我要的一切，我救出了我的爱人，脱离了险恶的人间，并且得到了意想不到的神位。可是，我再也没有了快乐的面容。

乔德安森那么爱我，他以为我的不快乐，是因为受了太多的苦难，没有办法在短时间内恢复。他那么有耐心和信心，在他看来，那么大的苦难，我们俩都可以一起经历，一起抗过，不会再有什么能比得起我们的感情了。他甚至对我不能言语时期他对我的误会和冷淡而分外地内疚，乔德安森是一个多么善良的孩子。

是什么，令我对他一直以来的爱情，在瞬间改变呢？是什么……

一个夜晚，我悄悄地坐在一个树枝上看星空，我又看到了雅典娜，她一身华衣，双目炯炯，她坐到了我的身边，对我说，莫尔狄拉，你还是不能忘记潘德洛普？

一句话，将我隐忍已久的眼泪催了出来，我再不能忍耐，我垂下头，泪水横流。宙斯可以为我的爱情感动，可是他不知道我的心里，爱着的，其实是另外的一个人，而我还是有那样的坚持，为我曾经的爱人受尽苦难，我真的连自己都不知道这一些，都是为了什么。

雅典娜没有说话，手一挥，我眼前就出现了潘德洛普的身影。

他，还是那么英俊，那么年轻，他在笑着……他在笑？我不能相信我看到的一切，他在笑，是的，他并不知道我得到了解救，所有的人都知道几个月前，刚刚烧死了一个妄图迷惑国王的女巫。几个月前。

雅典娜的手再次一挥，我看到了潘德洛普，携着一个华美女子的手，在一个金碧辉煌的宫殿里跳舞，眼神类似初次见到我时一样，那么深情，那么凝重，谁看了都抗拒不了。潘德洛普，不过几百天的光景，你已经将我忘记了吗？你的天使，你的曼妮。我摇着头，雅典娜不再挥手，她说，莫尔狄拉，没有一种感情，是靠得住的，应该忘记的，就要早点忘记。

我不能思想，不能呼吸，雅典娜不再劝我，她一个转身就消失了，消失前，留给我一段话——看清楚吧，没有什么感情是靠得住的，宙斯之所以选你们，是因为，你们俩，都有肯为别人牺牲的灵魂，这，是比爱情更重要的。人类都以为神圣的爱情，其实比不上可以牺牲的灵魂。如果每个人都可以悟到这一点，那么，人间将不再有丑恶，便会如天堂。

天鹅之咒

13

我在一片丛林里行走，看到一个哭泣的女孩，无助的样子。我坐到了她的面前，她茫然地看了看我，说，我的心上人，因为得罪了巫师，所以被下了诅咒，变成了一只天鹅，他们都说，这个诅咒，只有雅典娜才可以解除，可是，我怎么可能会遇到雅典娜？

我似乎突然看到了若干年前，那个和她一样悲伤的女子，为自己的爱人手足无措、焦头烂额。我笑笑对她说，要解除这个诅咒，需要面对无比艰辛的苦难，你能够做到吗？你觉得你对他的爱，值得你那么做吗？

女子瞪大眼睛看我，我低低地说，你将不能言语，直到那件把你手刺伤的盔甲编制成功。你将可能会忍受世俗的误解和猜疑，但是你不能言语，你愿意为他，做这些吗？

沉默之后，女子走了。不知道她是将走向墓地，还是走向沉默。

我转身回到了我的森林，我看到乔德安森正在唱歌。我走了过去，摸着他充满光彩的容颜，和了起来，全部的树木和鲜花都跟随我们一起摇摆起来。

远处，是一片红色的朝霞，映红了天边。

14

你曾经为你的爱人，牺牲过吗？

你的爱人，曾经为你，奋不顾身过吗？

想念你，我是一只鱼

天使
只在夜里哭

我接受你不爱我，那不会是你的错，我可以靠着思念过活。

1

如果不是罗莎一直地提醒，我经常会忘记自己是一只鱼，一只拥有金黄色卷发、浅褐色鳞片的、绝美的鱼，生活在深海之中，一座透明的玻璃宫殿里。我有很多很多的兄弟姐妹，他们都温顺而善良，都有着天使一样柔美的面庞。

但是很多的时候，我不喜欢和他们在一起。

我喜欢一个人游到浅海里，透过澄澈的水面，看上面那一个完全陌生又新鲜的世界。

那是一个奇怪的世界，所有的人都没有尾巴——在我们的家族，拥有一个漂亮闪光的尾巴，是最崇高的荣耀。

他们没有我们这样的尾巴，他们穿得很严密，尾巴是柱状的，有两根。他们喜欢行走，有时候也会在太阳温暖的时候，跳到水里游泳；他们喜欢笑，笑声经常染遍整个海岸。每当这样的时刻，我总是无比羡慕罗莎。

罗莎曾经神色灰暗地告诉我，那是一个可怕的世界，那里住着一些心思复杂的族类，有时候他们笑，却是充满仇恨，他们会相互猜忌，相互欺骗，甚至相互残杀。罗莎是我们家族里面，最年长的一个，虽然她的容颜依旧靓丽，但是她已经超过 500 岁，拥有过很多的经历，懂得很多道理。她会在我们将要犯错的时候，及时跳出来，给予我们最温柔的提醒。超过 100 岁，就可以拥有每年 3 天的自由变幻的机会。而她，早已熟谙自由变幻之道。我无比地羡慕，而我离 100 岁，还有遥远的几十年。我只有这样忧伤地，和时间相对，希望它可以流逝得快一些，这样，我就可以不必只是在水里游来游去。

我不太相信罗莎的话，她总喜欢危言耸听。

如果那个陌生的群落，真的如她说的那般不堪，为什么她仍旧孜孜不倦地幻化作他们的模样，混入他们的尘埃之中呢？那么地孜孜不倦。

我并且知道，她在那个族类，有一个情人。这是有次我潜在水面，不小心发现的秘密。

那个男人高大威武，嘴角流露着一种玩世不恭的笑，完全不似我们族落的男人。我们族落的男人，都温柔单纯，笑起来是满满的诚恳。

他不知道罗莎是一只鱼，他拍拍她的头发，然后无限亲热地亲吻了她。

不知道为什么，我的心，动了一下，但是很快就收回了。这就是罗莎曾经说过的爱情吗？就是和一个男人，和着浓郁得化不开的情谊，相互亲爱？我想，我不怎么需要爱情，我喜欢一个人，游来游去，看着太阳微笑，对着月亮发呆。

我只是在想，什么时候，我也可以像她那样，自由地穿梭在两个不同的世界之中，游刃有余地呼吸。

想念你，我是一只鱼

天使
只在夜里哭

2

　　有一次，我又看到了罗莎的那个情人，在一艘巨大的轮船上。他站在舱里，无比严肃地看着海面。他长着一张棱角分明的脸，很好辨认，他嘴角的那抹笑意，被隐藏在紧锁的双眉中。

　　海上的风很大，天空碧蓝，航海的船在海面上摇摇晃晃。我随着他们游，我的速度非常快，很快，我就和那艘船游到了平行的角度。突然，我听到船上有人大喊，快来看，这是什么？

　　我马上意识到，这句话，是针对我说的。

　　我突然意识到，原来我在他们眼中，不过是一只和鲨鱼、鲸鱼或者海豚没有什么区别的怪物。

　　我无比地沮丧起来，准备迅速沉入海底。我不能，作为一种怪物，出现在他们面前，尤其是，在他的面前。

　　沉了下去，我看到船上跑出来很多人，争先恐后地要看水怪，包括他。

　　他，神色好奇地巡视着海面，和他的眼睛一样碧绿的海面。他要看大家哄喊的怪物——我。

　　突然，一个浪头打过来，天空布满了乌云，船开始摇晃，紧接着，是一阵巨大的风，席卷了海面。很不幸，他们的船，在航海的途中，遇到了海啸。海上的天气，就像一个任性的孩子，说变即在眼前。刹那间，狂风暴雨顷刻而来，船上的人不再注意怪物，而是呼喊起来，救命啊！救命啊！

　　然后一个海浪，把这艘船，淹没在茫无边际的海里。

　　生死只是一瞬间的事情，我胸口隐痛，准备回到我们的宫殿去，不久，罗莎就会知道海难的消息，知道她的情人，已经葬身在这片我们赖以生存的海上。她会多难过，她会哭吗？

我们是不会哭的。

我在这些纷纷沉入海底的尸体堆中穿梭，不小心，碰到了一个人，是他，是他。

他垂直着往海的深处下坠，如一枝脱弦的箭，在飞奔的途中，碰触到了无辜的我。本能地，我伸手托住了他，于是，他的旅程就这样戛然而止。

他，罗莎的情人，在生死攸关的时刻，触碰到了我，在我的双臂中，结束了他黑暗的漂流。

也许是宿命。

他有那么好看的眉眼，怪不得，罗莎会对他，念念不忘。怪不得，阅人无数的罗莎，会爱上我臂膀中的他。似乎在一刹那之间，我爱上了这个从天而降的男人，尽管我，不知道他的名字，不知道他的人生。

我托着他，游到了一个没有人烟的岸边，他已经昏迷，胸腔中是满满的海水。我接近他，嘴唇靠了过去，咫尺的距离，突然灵魂没有了呼吸。使他窒息的水，因为我的呼吸而喷薄而出。我躲在远远的地方，看着他慢慢地恢复呼吸。很快，他就会睁开眼睛，看着风浪过后依旧湛蓝的天空，他不会知道，是那个他想看的怪物，挽救了他的生命。

我有点心灰，我和罗莎不同，她可以变幻成他们的样子，所以不会受到他们的歧视，成为他理所当然的爱人，而我，只能躲在黑暗的角落里，做悲哀的隐忍，悠长的等待。

别傻了，他怎么可能，会明白这些。我沉入海底，回到我们的族类，若无其事，仔细地梳理我漂亮的鱼尾上面的鳞片。

天使只在夜里哭

3

还是忍不住要去看他，已经告诉自己无数次要忘记，但是我做不到。

我游到接近他的岸边，刚一露出水面，便看见了他。

他还是没有醒过来，嘴角微微地上翘，面色非常苍白，呼吸非常微弱。阳光很好，灿烂地铺在他伟岸的身上，我躲在远远的地方看着他，心情比阳光还明媚，脑海里蹦跳的，是在海水里托着他的影像，那么近的距离，近到可以闻到他的气息，那是我从来没有闻过的气息，有一丝海浪的清新……

忍不住脸红呢……我摸了摸自己发烫的脸。

杜微拉，你怎么在这里？

怎么可能？罗莎的声音，在这样的时刻，传入了我的耳朵。我本能地一颤，面目变了颜色。就像被当场擒获的窃贼，那种无助的羞耻。

罗莎顺着我的不安，向岸边望去，她的脸，在看到他的刹那，改变了颜色，我明白，她是不愿意让我知道他们之间的关系的。我明白。

她活再大的年纪，变幻再多的模样，她仍旧摆脱不了自己生就的宿命——她和我一样，不过是一只鱼。尽管变幻了模样的她，比世间任何女子的颜色都艳丽，但一只鱼，只能爱上另一只鱼，这是天定的宿命，如果违逆，只能毁灭。

但是，掩饰不住的慌张，布满了罗莎试图遮掩的脸庞。

我识趣地准备游走，可是听到罗莎声音发抖地说，杜微拉，我亲爱的孩子，原来你早已知道我的秘密。

我停住了游动，但是没有任何动作，我不知道罗莎会如此地坦白于我的面前。我本无心参与她的悲喜。

罗莎抖动了一下身体，慢慢地游上岸，她闭上了双眼，面目扭曲着，看得见的疼痛纠缠了几分钟之后，她，化作了最美丽的，世间女子。她对我信任地笑了笑，即刻奔向了他。

杜微拉，对不起，我背叛了我们的族类，我爱上了威宾伊索，我愿意接受一切的惩罚。这个瓶子给你，喝下它你可以提前完成变幻的过程，但是，你要明白，从此你就会有痛苦、牵挂和心碎。杜微拉，如果聪明，你永远都不要喝下它，做一只无忧无虑的鱼，我是多么地渴望。

我手里拿着她给我的瓶子，木木地看着她变化的整个过程，心，开始揪痛。

她呼喊着他的名字奔向了他，威宾伊索，威宾伊索。

阳光下，我突然看到了一颗晶莹的东西，从罗莎的眼中流出来，滴到了威宾伊索的脸上。原来，真情迸发的时候，一只鱼，也可以哭泣。

4

罗莎被宣告，永远逐出我们的家族，永不能再见她的一切亲人。

我突然发现，我是那么地想念罗莎。

再没有一个人，会告诉我们新鲜世界的一切，一切有趣的新闻；再没有一个人，会告诉我们什么该去做，什么不该去做。我们自由散漫，却是那么地不习惯。

想念你，我是一只鱼

天使只在夜里哭

　　我多么想去看一看罗莎，还有，威宾伊索。

　　我反复地看着手里的瓶子，真的，喝下它去，我就可以变作最漂亮的女子，胜过罗莎？

　　为什么罗莎说，如果我不做一只鱼，我会痛苦、牵挂和心碎？

　　我不明白，我什么都不明白，若是真如她所说，那么她，为什么会抛弃家族显赫的地位，舍弃一只鱼的永恒身份，扑向他濒临绝境的怀抱？威宾伊索，威宾伊索，在唇边滑过这样一个名字的时候，为什么我的心，会一阵阵悸动……

　　我们族类的一只雄性的鱼，开始向我求爱。

　　我看着他懵懂的样子，不谙苦难的笑容，轻笑着摇头拒绝了。

　　不能啊，不能。一定要是值得我赴汤蹈火的男子，我才肯将真心交付，如罗莎一样为爱痴狂的悲壮。

　　我在一个海水平静的夜里，喝下了罗莎给我的神水，顷刻间，似乎有千万把刀，向着我美丽的鱼尾，切割下来。我从来没有想到，这个过程，我期盼了那么多年的这个过程，竟然是这样地苦痛……我忍住难熬的疼痛，紧紧抓住一根海藻。不知道过了多久，我醒过来，一切，都变了，我，不再是一只拥有漂亮鱼尾，自由自在的鱼。我摸到自己长出了两根柱状的腿，那么孱弱，那么柔软。我爬上岸，尝试着走了几步，天，简直是行走在刀尖上面，我痛得跪在了地上。

　　一直那么羡慕罗莎，谁想到，这就是被羡慕的罗莎拥有的荣耀，那不过是难忍的刺痛。

5

　　我在黑夜里行走，步履艰难，满身是汗，一步一痛，漫无目标地走着。

　　罗莎在哪里？没有她的一丝讯息。

　　想找一个地方休息一下，但是眼前一黑，我昏迷了过去。

　　醒来的时候，我在一个男人的怀抱里。当我睁开蒙眬的眼睛，去看抱着我的男人的时候，我几乎不能相信自己的眼睛——威宾伊索。

　　是他！是他？是他。

　　可是，怎么会是他？

　　怎么可以，暴露在他的面前，我惊慌失措，想马上游回海里，却听到他说，美丽的姑娘，你要去哪里？

　　猛然惊醒，我怎么忘记了，我已经变成了一个人……

　　我似在梦中，有点痴癫。他走了过来，身上穿了一件华丽的宫廷服装，我才发现，我的周遭，金碧辉煌。

　　我怎么会在这里？

　　你昏倒在我的宫殿外面，是我救了你。威宾伊索微笑着，拉起我的手，你是从哪里来的，为什么脸上流露着飘零的气息？你叫什么名字？

　　我语无伦次地说，我不知道，我……我的名字叫杜微拉。

　　杜微拉，多么好听的名字，我从来没有看到过这么美丽的姑娘，你一定是哪个国度走失的公主。我叫威宾伊索，是这个国家的王子。

　　威宾伊索，当然，我当然知道。

天使只在夜里哭

只是，他，竟然是尊贵的王子，我有点意外。一直以为，他，不过一个航海的行者，那样自己才有资格，去想念他，仰慕他。可是，他，竟然是一个王子。

门响了，我看到罗莎站在门口，我几乎是脱口而出，罗莎！罗莎！

罗莎的面色很难看，威宾伊索惊喜地说，你认识王妃？杜微拉。你竟然认识王妃？

原来，被驱逐的罗莎，已经成为了威宾伊索的，亲爱的王妃。我按捺住了激动，心里一阵酸涩。

罗莎保持着平静的态度，对他说，是的，这就是我们国度里，我的妹妹，杜微拉。

话语间，听得出来冰冷如刺。我不明白。

6

威宾伊索经常会来看我，带我去看美丽的花，听曼妙的音乐，有时候，还会教我跳柔软的舞蹈。

双目对视的时候，我总会想起那个冰冷的夜，我双臂托着奄奄一息的他，奋力地救助。

威宾伊索，亲爱的王子，为什么我开始迷恋在一起的时光？

有天，威宾伊索兴高采烈地对我说，他要组织去航海，邀请我的加入。

我一口答应下来，罗莎呢？罗莎会跟随吗？

他皱皱眉说，她，还要留在宫殿里，处理很多的琐事。并且，她不喜欢这些疯狂的行动。

威宾伊索拉着我的手，走上了一艘巨大的轮船。王子酷爱航海，这是谁都知道的事情，哪怕曾经遭遇海难，生命危在旦夕，他也还是迷恋着大海。

我静静地站在他的身边，跟随着他的脚步，踏上了轮船。

威宾伊索像个孩子一样高兴，他说，知道吗？在一年前，也是在这片海，我遭遇了海难，当时跟随的几百人，都葬身大海了，只有我，没有死，这全都是罗莎的功劳，你不知道王妃，是多么地勇敢。

我黯然神伤。是的，多么勇敢，勇敢到救助生命。

杜微拉，你愿意，和我在一起吗？

我当然愿意……可是……几乎是脱口而出的话，怎么会在嘴边停住？明知道，这个男人，是罗莎舍弃一切换得的。为什么会是他？为什么非是他？为什么在他落难的时候，会被我遇见？为什么在我昏迷的时候，又被他救起？我仓皇地看着这一片熟悉的深海，想不出任何答案。

这时候，我突然看到我们族类的一只，游在靠近轮船的海边。

威宾伊索的眼光立刻从我的身上，转移到海面，刚才温柔的笑容湮灭了，随之而来的，是一张充满了愤恨的脸，他说，一定是这些水怪，制造了这些可恨的海难！

水怪？我的族类，我温柔单纯的同类。

我拉住他的手，说，威宾伊索王子，你怎么会这样仇视这些无辜的生灵？

他咬牙切齿地说，无辜的生灵？杜微拉，你太善良、太单纯了。你不明白，有很多生物，它们是多么地凶残，多么地可恶，吃掉了多少人。有朝一日，我做了国王，一定会下令，把这些奇怪的东西，全部都杀掉。

我的脊背渗出了冷汗。我几乎不能相信自己的耳朵，在一分钟之前，它们还在温柔地听着情话，一分钟之后，就变成了最深的怨恨。我暗暗祷告，希望我的同类赶快撤离这个危险的现场。我赶快哼唱起了一首美妙的歌曲，来分散威宾伊索激昂的仇恨。

7

一个夜晚，我在宫殿外面散步，罗莎从黑暗中闪了出来。

她好像在一夜之间变老了。她神情忧伤，眉头紧锁。她站在我的面前，目光如炬。

罗莎，这么晚了，你怎么会在这里？

她没有回答我的话，一直这样直直地看着我，我有点害怕，过去拉她的手。

杜微拉，你为什么要这样做？

我惘然。

世间有那么多的男人，为什么你要沾染我这一个。

罗莎的声音带着轻微的哭腔，她的眼神不再是当年看我时那样慈爱，而是充满了类似威宾伊索看到我们同类时的仇恨。我难过地看着罗莎说，亲爱的罗莎，我从来没有想过要沾染你的王子，我不过是误入了王宫，有幸得到了王子的眷顾……

请你马上离开这里，马上。

我心碎，罗莎的无情驱逐，令我心如死灰。可是我不敢面对她的愤怒，因为我明白，赐给我人类的生命的，是她，爱上她为之奋不顾身的爱人的，是我。这是天然的劣势，任凭谁都改变不了的劣势。我无话可说，只能黯然地低下了头，准备离开。威宾伊索，威宾伊索，亲爱的王子，我明白你是我爱上的人，只是我们没有爱对时间，我只能就此离开，就当是配合我圆一个梦吧。
怀念你给予我的一切记忆。

8

我重回到了海里，和我的族类生活在一起。

每天，梳理着漂亮的鳞片，波光艳丽。

有很多的异性向我求爱，我都拒绝了。我想，我不怎么需要爱情。我喜欢一个人静静地躲在离岸很近的海水里，看着上面那一个美丽的世界。那里有一个男人，有英武的笑容和迷人的声音，他是唯一令我心动的王子。但是他不属于我。

每天，我都会向宫殿的方向望去，我会想，他起床了，他进餐了，他外出航海了……

陪在他身边的，是被我们家族驱逐，为了爱情牺牲一切荣耀的罗莎。

我想，我不会哭，我还没有学会哭泣，但是我觉得那一定是可以代表我所有心情的行为，只是我还没有学会。

9

那天，突然有一群野蛮的人，侵犯了我们领地，我们每个都惊慌失措起来。

怎么回事？这是怎么回事？

我们族里的一个老者，仓皇地说，新的国王，颁布了命令，要格杀我们的部落，赶快逃命吧，孩子。

新国王？格杀？——莫非是威宾伊索？

我奋力地游到了海面上，可是还没有等我看明白，我就被一张网给罩住了。我眼前一黑，昏迷了过去。

醒来的时候，我的身边围满了人，密密麻麻，都拿着武器，凶狠地看着我。

我张了张嘴，没有发出一点声音。

人群散开，我看到了他，我日夜思念的王子，威宾伊索。

再次见到他，真开心，我几乎忘记了我是被俘获来的，我几乎是脱口而出，亲爱的王子……

威宾伊索似乎不记得我了，他冷冷地看着我，说，把这个怪物囚禁起来，严厉地拷打，让它讲出它们部落的行踪，必要的时候，可以施以火刑。

我如跌深渊，不敢相信，这就是我浓情挚爱的男人。

他身边，是威严的王妃——现在应该是王后了吧。罗莎。

她比他还冰冷地，看着躺在地上的我，妄图从我这里听到曾经家族的消息，然后斩尽杀绝。我全身冰冷，我无法说出话，我真恨。

士兵们开始鞭打我，我忍住巨大的疼痛，口不张开。

他们连续鞭打了我三天三夜，终于恼火了，也终于累了，于是，国王威宾伊索颁布了命令，明日凌晨，要用火刑处置我，一个水里的怪物。

10

夜，那么黑，那么暗，充满着绝望。

我鲜血淋漓地回想着我短暂的一生。

我曾经，那么单纯，那么快乐，我是一只鱼，最漂亮、最华丽的鱼。

如果我接受族里任何一只鱼的爱情，那么我现在，会拥有一个温暖的家，安全地生活着，一百岁、两百岁、五百岁，甚至更长久。如果我愿意，我还可以在闲暇的时候，变幻一些不同类型的人的模样，行走在他们的世界里，累了就返回我的海里。

可是我没有。我违逆了一切。不但过早地变做了人，还爱上了一个人，并且是罗莎的男人。

除了灭亡，我想不出我还有什么出路。

好吧，如果我的死，可以拯救我们的家族，那么我在所不惜。

威宾伊索来到了我的面前，我此刻已经彻底绝望，所以我不想再多说些什么，不想告诉他，我就是他曾经无比呵护的美丽的杜微拉。就当我是一只水里的怪物好了，只消一句话，就可以令我葬身于熊熊的火焰之中，很简单，不过是几十分钟的事情，我悲哀地笑了，全身的裂痛袭击了我，我苦不堪言。

他一直这样看着我，然后自言自语地说，为什么，这个怪物，有这样的一双深邃的眼睛？仿佛有一万句话，要对我诉说。小怪物，你天亮就会死掉了，现在你有什么话，要对我说吗？

我看着半跪在我身边，看我奄奄一息的威宾伊索，突然一阵热热的液体，顺着我的眼睛，流淌了下来。我竟然，在这样的时刻，学会了哭泣，我终于明白眼泪的滋味了，那是一种伴随着心的破碎，而流淌下来的痛苦，它源于我不间断的牵挂和思念，以及绝望的等待。

看到我哭，威宾伊索显然有一些无措，他伸手去抚摸我鲜血淋漓的身子，和我奔腾的眼泪，他说，你有什么要对我说的吗？

天使
只在夜里哭

我摇头，他继续说，并不是我非要杀光你们的家族，可是，在 10 年前，我曾经受到过你们家族的攻击，差点葬身海滩。并且我曾经爱上过一个姑娘，她在一次和我航海之后，莫名其妙地失踪了，我几乎发疯，那是我唯一爱过的姑娘，你不知道她是多么美丽，多么单纯和善良。所以，你的家族，是沾染着魔气的，我必须要杀光你们！

我只听见了这样的一句话——并且我曾经爱上过一个姑娘，她在一次和我航海之后，莫名其妙地失踪了，我几乎发疯，那是我唯一爱过的姑娘……天，我的苍天，原来，我的离去，给我们家族带来那么大的灾难。威宾伊索，威宾伊索，你可知道，在你面前的，气若游丝的怪物，就是你发疯地爱上过的杜微拉，我该怎么来给他讲解这一些不可思议的纠葛？该怎么告诉他，其实他的一切，全部都是误会……

我说不出一句话。

我是一只鱼，我和他的语言，隔着十万八千里的距离，他只是看到我悲哀的泪水，他不懂得我深藏的秘密。

这时候，罗莎再次出现了，我已经不认得她了，她不再是我们家族的最慈爱的长者了，她变成了一个人，永恒地背叛了我们家族，为威宾伊索。我突然想起她多年前，告诉我的话，她曾经说，人类，那是一个可怕的世界，那里住着一些心思复杂的族类，有时候他们笑，却是充满仇恨，他们会相互猜忌、相互欺骗，甚至相互残杀。如今，她在我的面前，观赏着我的悲惨，只有她能明白我的话，可是她一言不发，看着死亡渐渐向我靠近。

威宾伊索走了，他一定是回忆起了杜微拉，因为他的眼里，满含着眼泪。他不喜欢罗莎看到他的狼狈，于是他匆忙地走了。

罗莎看着我，没有说话，也走了。

11

我绝望地，等待天亮。

一切，就这样结束了。

还好，在我的生命结束之前，我明白了威宾伊索，原来是一直爱着我的。

心有余恨，是在恨天。

爱对了人，爱不对时间，多么悲哀。

可就在天将要亮起来的时候，罗莎再次来了。她的眼睛红肿着，说，杜微拉，我的孩子，我来救你了，你赶快逃吧。

我不解地看着她。

为什么在这样的时刻，她会来救我？

她说，我从来就没有得到过威宾伊索的爱情，他原来和我欢爱，不过是迷恋我的姿色，后来娶我进宫，不过是为了报答我的救命恩情。他从来没有，爱上过我。其实我明白，当初救他上岸的，是你，我一直在欺骗他，欺骗我自己，是你一直不揭穿我，令我陪伴服侍了他这么多年。可是他要杀我们的家族，我也不忍。我明白我们的家族，都是多么地善良。你喝了我的药，变作了人，明白了感情，懂得了流泪，但是你为了我，放弃了威宾伊索，为了家族的保全，可以牺牲生命，杜微拉，你是伟大的，我不能恨你，尽管我最爱的男人爱的是你。你快走吧，带着我们的家族，迁移到另一片乐土去吧。告诉我们家族的年轻的鱼儿们，不要憧憬这个人类的世界，这个不是属于我们的世界……也不要爱上不该爱上的族类，那只会令自己粉身碎骨。我得不到威宾伊索的爱情，于是我的存在就没有了意义，所以，我宁愿死去，化

天使
只在 夜里 哭

作海上的一片泡沫，算是我对自己背叛家族的一个惩罚。

罗莎流着眼泪说完了这些话，便把我的绳子解开了。这时候一道电光闪过，罗莎化作她最原始的一只鱼的样子，和我没有什么区别，只是身上没有那么多的疤痕，她闭上了眼睛。

我忍住巨大的悲痛，带着罗莎的叮咛，带领我们的家族，连夜游到了另外的一片深海，离威宾伊索的国家远远的，远得望不到边际。

慢慢地，一切都变成了过去，罗莎、威宾伊索、王国、海难、爱情。

所有的人都知道我为了家族的荣耀，敢于舍弃生命。

于是，我的地位一下子升高了，所有的鱼都无比地尊重我，敬爱我。

有一些年轻的鱼，会满脸憧憬地看着我，然后问我那个和我们完全不同的世界的一些琐碎的事情。我总是想起罗莎曾经说过的话，我会告诉她们，那是一个可怕的世界，那里住着一些心思复杂的族类，有时候他们笑，却是充满仇恨，他们会相互猜忌、相互欺骗，甚至相互残杀。

看着她们惊慌失措的样子，我就会想起，曾经我也如她们一样无知。

我会微笑地告诉她们，我们是鱼，我们只是鱼。

谁都不知道，我每天，都会对着那一片已经望不见边际的王国，想念那个叫威宾伊索的国王，他曾经差点毁灭掉我们的家族。

再见开始忘记

天使
只在夜里哭

太过完美的事情，往往有最大的疏漏

1

我叫特雷萨·艾米。一个岛国的国王。

我们的国家富足而温暖，每天有来自西海岸的微风吹过，五彩缤纷的小鸟啁啾，郁金香的气息迷人地笼罩着上空。我的臣民们都很爱戴我，有时候他们会编一些好听的歌曲唱给我听，我总是微笑着、享受着、喜乐着，一年叠过一年去。

这一切，似乎是完美的。完美到不可想像。

呵呵，太过完美的事情，往往有最大的疏漏。

没有人知道，他们的完美的国王，是一个空心人。

在很多很多年以前，他把心，丢了，一直没有找回来。

还有比没有感情的完美人生，更令人扼腕叹息的事情吗？

2

很多很多年以前，我还是一个王子，一个懵懂少年，喜欢打猎和骑马。清晨起床之后，我就会背上弓箭，去森林里寻找猎物，日落的时候，我总是满载而归，并且我的箭术在日渐增长。

父亲对我的勇敢非常满意，从他看我的眼神中就已经明白，不久的将来，我就会替代他，坐到万人之上，指点江山。虽然我有数不清的兄弟在日日觊觎所谓的王位，但是我对于这一切并没有太大的兴趣，我的梦想，是成为一名名副其实的英雄。

　　是男人，都会有这样的抱负，我更甚。

　　还不到 17 岁，我的身边就围满了各色的女子，有邻国的公主，有远近的亲戚，还有一些大臣的女儿。她们每天都会找机会靠近我，穿着最漂亮的裙子，用最柔美的腔调和优雅的姿态，隔三差五地送一些美丽的礼物到我的房间。想必关于我是未来国王的传言早已经沸沸扬扬。

　　我对她们一视同仁，礼貌对待，但是绝不亲近。从她们的眼中，我只看到了急功近利的光芒，那是我最最厌恶的一种神情。

　　如果不是有这样的传言，她们会如此费尽心机地靠近我，讨好我吗？

　　我看得很明白，大多人的感情，带着世俗的筹码。

　　爱情，多么神圣的字眼，我虽然没有和任何人恋爱过，但是我明白，这种情感，是世界上最重要、最不可替代的。我心目中的爱人，一定是有着金黄卷发，皎洁如月亮般的大眼睛的，笑起来不沾一丝杂质的女子。她不必有高贵的身份，不必有虚假的礼仪，我对她唯一的要求就是，她要有一颗水晶般干净的心灵。

　　我的哥哥阿尔法曾经笑我天真。

　　他说我说的那种女人，根本就是童话故事里面的白雪公主。

　　我相信这个世界的某个角落里，一定会有白雪公主在等待着我的寻觅。

　　特雷萨，即便你找到了你心爱的白雪公主，你也不可能娶她为妻的。你不要忘记，你是王族，你的身份决定了你的爱情之花只能在匹配的范围内盛开。阿尔法不屑地说。

我笑着摇头，如果我遇到了那个真正的公主，我宁可为她，失去王族的身份。

阿尔法狂笑着走开了。

我坚定地对自己说，是的。不管怎么样，我会坚持自己的意见，直到遇到那个人。

3

有一天打猎回来，我看到了安芝拉坐在一束阳光里，嘴里哼着小曲。

特雷萨，特雷萨。

我停住脚步。安芝拉是阿尔法一直在追逐的女人，她是一个神秘国度的年轻女巫，传说她会法术，可以随意地变幻，并且她有着倾国的容颜和极具诱惑力的眼睛。她在我们的宫殿里，为我们的父亲做占卜和谋划，父亲对她非常信任。

从她看到我的第一眼起，我就知道她爱的人是我，因为从那刻开始，她每当看到我的时候，眼中都会冒出熊熊烈火。

阿尔法不知道，他为安芝拉神魂颠倒，开舞会的时候，手牵着她的手不放，直到她没有办法拒绝，只好施一个魔法，然后逃脱。数次如此，阿尔法终于陷入了这若即若离的爱情迷阵，不能自已。

她有时候会突然出现在我的身边，变成一只小虫子或者一只羽翼丰满的白鸽，我对她很有好感，但是这种好感绝对不是爱情。

特雷萨，如果可以，我愿意跟随你天涯海角。安芝拉无数次地表白过她的爱情，我都笑笑拒绝了，我的理由是我现在还不想和任何人恋爱，我只想做一个英雄，一个除暴安良的英雄。安芝拉说，我可以帮助你的，我有魔法。我可以帮助你扫平一切魔障，使你顺利成为一个英雄，万人敬仰。我唯求你施舍一些爱情给我。

爱情怎可以是等价交换或者是施舍？我摇摇头，任何物品都可以施舍，唯独爱情不可以。我必须保留着我纯洁无瑕的爱情，等待我的公主的莅临，安芝拉不会明白。

安芝拉走过来，双手环抱住我的脖子，凝视着我说，特雷萨，这些日子以来我很想念你，思念成疾。

我把她的手拿下来，微笑地说，听说由于你最近成功地为国王占卜了和邻国战争的运程，而使我们胜利了。

她了无兴趣地说，不过是一些雕虫小技，有什么值得高兴的。

我往宫殿里走去，安芝拉在身后说，特雷萨！

我停住了脚步，安芝拉从背后环抱住我的腰，声音哀伤地说，为什么不能抱抱我？为什么永远是那副冰冷的面容？特雷萨，你真的没有爱情吗？你真的不明白爱人的辛苦吗？

我不知道该对她说什么，尽管是背对着她，但是我依旧感受到了她身体的颤抖，我有点愧疚，对不起，安芝拉，对不起，我不能爱你。不能。

因为阿尔法吗？她急切地叫起来，一定是因为阿尔法。可是我对他，没有丝毫的感情啊。

我该怎么告诉她，其实不能爱她，不光是因为阿尔法。当然，我也知道，安芝拉对我的热爱，是和那些女人有区别的，她不是觊觎王位的人，她生活得自由自在；也不是贪恋着我的美貌，要知道我的哥哥，有着和我不相上下的容貌。可是，我不能爱她，说不出来为什么。这似乎是宿命，第一眼看到她，我就明白我不可能爱上她，尽管她是那么地美丽迷人，那么地精灵可爱，那么地妖冶热烈。

我信第一眼的缘分，于是我只能这样，一次一次地，将她伤害。

我的沉默激怒了安芝拉，她恨恨地说，特雷萨，你可以不爱我，但是我不会允许你爱任何一个女人的，如果你背弃了这诺言，我必将你变成一只青蛙。

没有等我辩驳，她已经化成一阵龙卷风，飞出了我的视线。

有尘沙迷蒙了我的眼睛，我来不及揉。数不清是第几次，安芝拉发这样的誓言了。

4

国王病了，安芝拉说，需要一只千年的麋鹿的角，才可以医治他的病。

于是，我下令全国上下去找寻那只千年的麋鹿。但是很多天过去了，都没有麋鹿的消息。

看着父亲日渐苍老憔悴，我难过极了，决心亲自去寻找那只麋鹿。

晚上，安芝拉出现在我的房间里，她的手里拿了一只巨大的水晶球，嘴里念叨着一些咒语，眉头紧锁。我很明白，因着我的出行，安芝拉才会这样做的。当初她为了在我们国家留下来，背叛了自己的国家，于是，他们都憎恶她，诅咒她。水晶占卜是他们用来诅咒她的工具，她是从来不敢面对水晶球的，只要她一面对水晶球，他们国家里所有人的诅咒都会源源不断地传出来。这咒语，足以把她杀死。

她为了我，拿出了水晶球，我心里一阵酸楚。她对我的好，我心里都明白的。除了爱情，我真的愿意拿出一切来偿还她对我不计回报的热爱。

安芝拉忍住剧痛，不断地从水晶球上面寻找线索。

最后，她虚脱地倒在地上，满头是汗，唇色苍白地说，特雷萨，在离我们10000公里的一个森林里，有麋鹿出没的痕迹。它行踪不定，很难琢磨，必须要守着它7天7夜，它才会出来觅食一次。

10000公里。我瞠目结舌，就算我骑上最快的千里马，也不知道什么年月才可以到达，我心如死灰。

傻孩子，既然决定帮助你，自然要全面地帮助你。

安芝拉支撑着虚弱的身体，用针扎进了自己的手心，鲜红的血冒了出来，我惊叫着过去抱住她，大喊，安芝拉，安芝拉，你是不是疯了？

安芝拉笑笑，拍拍我的脸说，特雷萨，你真是不能不让我心疼。

流淌下来的血，已经有一些凝聚在一起，慢慢变稠，安芝拉双手合并，又念了一些咒语，最后吹了一口气，那些残血变成了一匹闪光的金色马，我目瞪口呆。

特雷萨，这是我的鲜血铸成的宝马，你可以骑上它去寻找麋鹿，它会给你指引方向的，并且它可以带你飞上天。但是你必须早早归来，因为我的血只能维持8日，8日过后你若不能归来，我必被自己的咒语困住，变成一只蟑螂或者别的什么了。

我抱紧气若游丝的安芝拉，坚定地说，我一定尽早回来。

她笑了，嘴角干涸，但是神情甜蜜。我心如刀割。我该拿什

么，来偿还这个女人的感情？

5

我带好了弓箭骑上了安芝拉的马，顿时感觉四周布满了璀璨的星光。

几乎是眨眼的工夫，我就来到了一片茂密的森林。这里枝繁叶茂，几乎看不到丛林的深处。

这一定就是安芝拉说的，10000公里外的森林，不过是眨眼的瞬间，居然已经到达。我一点都不敢怠慢，找了一个隐蔽的角落，躲藏起来，只等那只麋鹿出现。

7天里，它必然会出现一次，我祈求上天怜悯我一片赤诚的心，让那只麋鹿早早出现。

森林里很安静，除了几只飞翔的老鹰和一些奔跑的兔子，我没看到任何动物的出没。地上是碧绿的苔藓，散发着幽幽的草香，我有点口渴，随手摘了几片树叶，喝凝在上面的露珠。

天很快黑了下来，我又累又困，睡倒在森林里。

醒来的时候，我看到了一双碧绿色的大眼睛。

我吓了一跳，睁眼一看，才看清楚，我的面前，坐着一个头戴花环、面带微笑的女人。

我几乎被眼前的这个女人击倒。

我怀疑这是不是因我疲劳奔波而产生的梦境。

一双手伸了过来，手里是新鲜的水果和面包，我接过食物，才知道自己并不是在梦中。可是，眼前的这个女人，怎么可能如此地接近我无数次设定的梦中情人的形象？金黄色的头发，无懈可击的眼睛，单纯质朴的微笑。天，世界上会有如此巧合的事情吗？你无数次梦到过的女人，居然真实地存在于这个世界上？

我除了惊讶，说不出一句话来。

你是谁，为什么会到这个森林里来？

她一开口，才将我惊醒。那么柔软的声音，像清晨滴在草叶上面的花露，我不是没有见到过女人的，但是为什么在这个陌生女人的面前，我彻底失去了语言和思维，除了感慨还是感慨，几乎忘记了自己的使命。

哦，我来自遥远的国家，为了寻找一只千年的麋鹿。

遥远的国家？她双目放出了光芒，寻找麋鹿？为什么？

我不知道她的身份，于是不想告诉她太多关于我的事情，我说，这个森林里面，是不是真的有这样的一只麋鹿？

她神秘地笑笑说，是的，可是你是怎么知道的？又是怎么找到这里的？这方圆千万里之内，都没有陆地呢。

如果我告诉她，我是骑着一匹女巫的鲜血铸成的宝马飞驰来的，会不会把她给吓坏？我决定编造一个谎言，圆这个无法自圆其说的事实。

我告诉她，我是一个国家的药师，因为冒犯了国王，所以被下令千里跋涉来寻麋鹿的踪影。如果规定时间内找不到，我就会被处以死罪。时间，还有 7 天。

她被我这个善意的谎言欺骗了，我能看得出她的眼中流露出来的怜悯和恐惧。这是个多么纯洁的女人啊，这刻我多么想把阿尔法叫来，让他看一看，果然被我给言中，世界上就是有这样的一个女人，单纯善良，不沾染一丝尘埃的。她就在我的眼前。

我陡然发现，短短这一刻，我便爱上了面前的这个我一无所知的女人。

再见开始忘记

6

维妮卡曼，这是她的名字，除此之外，我不知道任何关于她的事情。

森林中有一个小小的木屋，这就是维妮卡曼的家。

家里几乎什么都没有，只有熊熊燃烧着的壁炉，和一些储存的食物。我在她的家里，吃着一些她采集回来的果实，我几乎忘记了宫殿里的奢华和富足。维妮卡曼，维妮卡曼，如果可以，我真的可以放弃一切，和你在这绝尘的森林里厮守一生。

这些话，我在心里念了很久，但是没有讲给她听。

她是那么地可爱，那么地纯粹，我不忍心太早地打破这份得来不易的甜美。我几乎忘记了我来森林的目的，这突如其来的爱情，将我的全部思维都冲垮了。

时间慢慢地滑了过去，转眼就是 7 天。

7 天，好似 7 年，我的爱，已经随着时间的推移，泥足深陷。

再也不能忍受这种痛苦了。我在森林的第 7 个夜晚，在月亮高悬的时刻，生平第一次，向一个女人表白了我自己。我变得那么笨拙而怯懦，几乎所有的词汇都离我远去了，我所有的口才和智慧全部都消逝，我变成了一个最最愚蠢的男人，用最简单的话语，叙述了我 7 天建筑的坚不可摧的爱恋。

维妮卡曼听完我笨拙的叙述之后，笑了，笑得很暧昧，我不明白她的笑容。

当然，维妮卡曼，你可以不喜欢我。我不会责怪你的。我沮丧地说。

维妮卡曼走近我，大眼睛忽闪着，说，特雷萨，别太快定义你的爱情，你对我了解吗？

我说，我没有太快定义我的爱情，这7天，我已经完全地肯定了这种情感，我从来没有过这样的感觉，在你的身上，我全部体会到了，我觉得这就是爱情。

维妮卡曼黯然地低下了头，悲伤起来。我不知所措，扳住她的肩，问，维妮卡曼，你为什么哭泣？假如你不能爱我，我也不希望看到你悲伤。

维妮卡曼说，你知道吗？你知道我是谁吗？

我说，不管你是谁，不管你的家世如何，这都不是我在乎的，我很难找到这样的感觉，我不会退缩的。

维妮卡曼眼含热泪地说，特雷萨，我就是你要寻找的，那只千年的麋鹿。

我所构筑的一切轰然倒塌。

7

如果可以选择，我愿意我一辈子不认识这个女人。

如果可以选择，我愿意我不是什么尊贵的王子，只不过是一个平凡的男人，可以拥有最平凡的温馨的感情。

如果可以选择，我愿意我的父亲不要患这么奇异的病，非要千里跋涉，才能寻找到疗病的药方。

可是，这一切，如此真实，如此残忍地摆在我的面前。

我为之寻找一生的女人，竟然是我要寻找的药材，并且时间迫在眉睫，仅仅还有一天的时间，我的父亲就会死于怪病，安芝拉就会受到诅咒，而我，如果弃他们于不顾，将成为千古的罪人

天使只在夜里哭

和令全国人耻笑辱骂的懦夫。

一边是我最爱的女人，一边是我最爱的父亲。

我在这反复的思索中，一夕忽老。

神马用无比忧郁的眼神看着我，它在等我的决定。我一旦选择留下，那么它将化为一摊污血，永远回不到安芝拉的身体里去……神马，你告诉我该怎么办，好吗？

维妮卡曼跪在我的面前，哀伤地说，特雷萨，你为什么脸色那么苍白？就算是那个国家定你死罪，你也可以永远脱离它啊。你不愿意脱离你的国家，和我在这森林里生活吗？

我无语可对。

维妮卡曼受了伤害，默默地在我身边流泪。我心乱如麻，思维空白，浑身绵软无力。

天黑下来了。维妮卡曼睡在了我的身边，她流了那么多的眼泪，真的非常疲惫了。

我直直地望着睡熟的维妮卡曼，那天使一样的容颜，明明是如此鲜活的女子，怎么可能是一只麋鹿的化身？我真的很恨。

遥远的父亲还在等待我的解救，而面前就是唾手可得的药方。

我伸出了手，抚摸维妮卡曼柔弱的身躯。她睡得像个孩子，呼吸均匀，面容平静。我的手游走到她的咽喉处，停了下来，只要轻轻的一个念头，我就可以实现我的夙愿，赶回去救我父亲和安芝拉的生命，不过是轻轻的一个念头。

可是，我怎么可以，对着我心爱的女人下手？

她是那么地无辜又单纯，即使她是一只卑微的麋鹿。

不过，她还沉浸在我编造的谎言里，以为我是一个遇难的药师，面临着被国家剔除的困境。

她怎么会想到，我是一个身负重任的王子，手里掌握着两个至关重要的人的性命，一个是给了我骨肉血脉的亲人，一个是舍弃生命誓死救助我的恩人。

对不起，维妮卡曼，我必须选择一种牺牲，才可以令另一边圆满。

我应该选择的，似乎是你。

我再次把手伸到了维妮卡曼的脖子旁边，闭上眼睛，永远忘记这个女人吧！

维妮卡曼突然喊了一声我的名字，我跌坐在旁边，身上大汗淋漓。维妮卡曼继续喊我的名字，眉头紧皱，呼吸紧迫，似乎是被梦魇追杀。她在梦里，呼喊的，是我的名字。

我失去了知觉，发现天已经大亮。

8

神马是在我眼睁睁的注视下，化为一摊污血的。

维妮卡曼惊恐地大叫起来，抱住我问为什么。

我的眼神呆滞，眼前仿佛闪现出来安芝拉那虚弱得要倒下的身体和父亲奄奄一息的病态。

一切，就这样结束了。一切，因着我，结束了。

我的爱情，我得来不易的爱情，我用最重要的代价换来的爱情。

我胸口一阵剧痛，眼泪潸然而下，我从来没有流过眼泪，即使我在战场上被敌人刺伤脊背，我都没有流过一滴眼泪。我从来不知道，一个男人也会有那么多的泪水要流，我没有办法，在现实面前我是那么地脆弱和无能。我一直想要做一个英雄，一直努力在做，但是我连我自己的父亲，和一个女人都保护不了。

难道爱情，是要人失去这么多，才可以换得的吗？

如果是这样，我宁愿不要爱情，也不要知道有爱情这么一回事，我愿意自己一直地懵懂，一直地幻想，一直地远离。

维妮卡曼，维妮卡曼。

9

我站在万丈深渊边眺望，突然记起来，这一天，2月7日，是我20岁的生日。

我已经20岁了，完全长大成人了，如果不是这一场意外的变故，父亲必定会为庆祝我成年而在王宫里举办一个日夜狂欢的舞会，会有那么多的人载歌载舞地祝福我的生日。尽管我一如前19年那样孤身一人，有点寂寞，但是我拥有着满满的世界和爱。安芝拉，安芝拉，她一定会变出很多花样来逗我开心，她还会喝很多的葡萄酒，醉后会揪住我，质问我为何不能爱她，为何不能抱抱她，还会诅咒着要将我变成一只青蛙……

这一切，就在昨夜，我的迟疑不决下，变成了回忆的泡沫。

一夜之间，我尽失天下。

我不知道我的存活还有什么意义。

在这之前，我一直以为爱情可以替代一切，可以替代荣华富贵，可以替代世间一切真情，上天果然成全了我，给了我最完美的爱情，但也给了我最残忍的失去。

我将背负着永世的罪，在我不间断的轮回里。

如果可能，就让我来生变成一只青蛙吧，有着最丑陋的外表和最无知的心灵，每天在池塘里面捕捉小虫，等待着一世一世的轮转，来洗清我不可饶恕的罪孽吧。

我纵身跳下崖，以最决绝的姿态。天空在我的眼里变成了灰褐色，耳边的风"嗖嗖"直吹，我闭上眼睛，等待死亡的降临。

特雷萨！——特雷萨！

一阵惊天动地的喊叫声从天而降。还没有等我来得及思考，我就被接住了，停在空中。是她，满面泪痕的维妮卡曼。

特雷萨，你怎么可以，就此结束自己的生命？怎么可以就此扔下你的情感，给我回忆，自己不顾一切而去？

维妮卡曼，维妮卡曼。不要哭了，告诉你真实的情况吧，我并不是什么药师，那都是骗你的，我是一个王子。我之所以会来，是因为我父亲，老国王的一种病，这种病只能用麋鹿的角，才可以治疗。是一个女人用自己的鲜血铸成了一匹千里马，才使我来到这森林的。我只有8天的时间，等到麋鹿出现，取它的性命，然后快速回到我的国家，这样才可以拯救我的父亲和用生命支撑我的女人……但是，维妮卡曼，我没有办法，我爱上了你，也许是上天安排的劫难，我在这样的时刻找到了爱情，而麋鹿，竟然是你。我没有办法杀掉你去救我的父亲，只好任凭他和那个女人死去。可是，这样的爱情，我怎么可能坦然面对？我知道我这样的死，对你也是一种背弃，但是我没有办法。就让我多一宗罪吧，让我跌入险恶的轮回里面去赎罪，你大可以忘记我。

我似乎用了我的一生，讲了上面的那些话，本以为维妮卡曼听完这些话以后，会惊讶地不知所措，可是我看到她慢慢地垂着头，平静地听我讲述，似在听着一个不可思议的童话故事。

听我讲完最后一个字的时候，维妮卡曼的眼睛抬了起来，里面有一层冰冷的薄雾，她张开嘴唇，说，对不起，特雷萨，我也欺骗了你。我……根本不是那只千年的麋鹿。你的父亲，也根本没有死去。

10

如果悲欢离合来得太突然，会将一个人彻底击溃。

我在这些接踵而来的意外中，真正地，失去了一切的思想。

我不明白，真的不明白，一切实在太突然太突然，突然得令我没有一丝一毫的想像的时间和空间。

——特雷萨，我从来不知道，我也会有爱情。

——如果不是爱上你，我想我绝对不会如此地痛苦。

——特雷萨，我不能要求你的原谅，因为我所做的一切，不能求得你的原谅。

——你父亲的病，是我一手造成的。

——在安芝拉的国度里，我是法术最高的女王。

——安芝拉爱上了你，因而永远地背叛了我们的国家，我作为女王，非常痛恨她。我下令全国的人捉拿她，诅咒她，我要她为背叛付出鲜血的代价。

——你的哥哥阿尔法，觊觎着王位，多次和我们的国家互通，希望我们可以帮助他完成他的梦想。我答应了他的要求，他答应我帮忙杀掉安芝拉，这就是他一直追求安芝拉的原因。

——阿尔法想出了一个主意，可以除掉你，因为你，是他最大的敌人，如果没有你，那么他就可以安稳地坐上国王的宝座。于是我们设计了这一场计谋，让国王染上了怪病，我们都知道，安芝拉非常爱你，为了你，可以失去生命，这样我们的计划就得逞了。而我，负责用你给阿尔法叙述过的美色迷惑住你。在你耽误的这些日子里，阿尔法早就将麋鹿的角给国王呈去了，并且赢得了国王的好感。我只是没有想到我会爱上你，特雷萨王子，如果当时你可以下狠心，把睡梦中的我掐死，那么，我就可以因着恨你而出手，然后将你杀害掉……可是，你那么地深情，那么地让人心疼，难怪安芝拉冒着生命的危险，也肯营救你。我真的不知道她是如此地爱你，爱你可以放弃生命，放弃一切……我不能企求你的原谅，我欺骗了你最纯真的感情……我只想告诉你事实的真相。如果你真的明白了，你去把这一切告诉国王吧，这一切都是阿尔法设置的阴谋。

　　我听着这些类似天方夜谭的话语，很久很久都没有明白过来这里面复杂的关系。我的亲生哥哥，设计陷害我，只为了一个茫茫未知的王位，我最爱的维妮卡曼，是协助我哥哥实现理想的女王，她的条件是害死安芝拉……

　　我面目惨白，维妮卡曼说，特雷萨，如果可以，我会帮助你，你能够告诉我我能为你做些什么吗？我一定会做到。

　　……

　　特雷萨，无论你相不相信，我是真心地，爱上了你。爱情是这样的东西，可以令人为之牺牲一切，可以令人为之奋不顾身，我可以的，我可以的。

　　我毫无希望地说，如果可以，我愿意让安芝拉复活。

　　维妮卡曼沉默了下去。

　　我说，你说过，可以为我做任何事。你一定知道如何使她复活，她不过是被自己的咒语给封锁了。你是她的女王，你一定有办法的。

　　维妮卡曼说，是的，有办法。

　　我焦灼地说，有办法？什么办法？快告诉我，我要安芝拉复活。

再见开始忘记

维妮卡曼说，你的爱情。唯有爱情，可以使她复活。

我说，也许，除了爱情，我无以偿还。谢谢你，维妮卡曼。

维妮卡曼的脸，在我回答的那一刹那，改变了颜色。

11

维妮卡曼带我回到了我的国家。

我的国家，在狂欢，似乎是为庆祝新的国王登基。

维妮卡曼说，你的哥哥，得逞了。

我看到了我的父亲，正拿着象征王位的钻石皇冠，给我的哥哥戴上。

我对这些没有兴趣，我只想找到安芝拉。

我在人声鼎沸中，穿越过去，寻找死去的安芝拉，我要用我的爱情，将她救活。

原来，我一直在寻觅，可是我忽视了身边的女人，才是最值得我去爱的。我一直在追逐着自己的感觉，却最终被自己的感觉欺骗，我再也不能这样下去了。这时候，一只青蛙跳到了我的脚上，我蹲下去，将青蛙捧在手心，问，青蛙青蛙，你有没有看到安芝拉？

青蛙没有说话，安静地看着我，眼睛里居然渗出了泪水。我恍然地想起临走前，安芝拉曾经说，如果我不能回来，她将会变成一只蟑螂，或者别的什么。难道她变成了一只青蛙？

我心疼地捧着青蛙，说，安芝拉，难道真的是你。我辜负了你，令你变成了青蛙，我不知道应该怎么样去补偿你。我曾经那么吝啬于将感情给你，但是我现在知道了，你是最有资格拥有我感情的女人。不管你能不能变回安芝拉，我都将永远地在你的身边，再不离开你。

我的眼泪第二次奔涌而下，滴在了青蛙的身上。突然，一阵浓烟升起，青蛙变了，变成了我熟悉至极的，有着倾国的容颜和极具诱惑力的眼睛的安芝拉。

我喜极而泣，紧紧地抱住了安芝拉，我再也不能和这个女人分开。

这时候，我身后起了战争，我不知道是怎么回事，护紧安芝拉，生怕有谁伤害到她。

维妮卡曼出现在人群中，原来她揭穿了阿尔法的阴谋，阿尔法大怒之下发动了战争，要强占王位，那些先前就拥护我的大臣纷纷和他战斗起来。我对安芝拉说，我曾经一直想做一个英雄，现在，这样的时刻来到了。

我抽出宝剑冲进战争里，我将无穷无尽的仇恨化作了力量，在这一场战争中浴血奋战。战争很激烈，看不清楚谁是谁的人马，只是这样地，盲目地厮杀。不知道持续了多久，我终于和阿尔法对战起来。

我盯着对面的、气势汹汹的、我的亲生哥哥，手下不知道该如何。

阿尔法同样地停顿了一下，说，特雷萨，我毕生的梦想，就是做这个国家的国王，就像你要做伟大的英雄一样，我可以为我自己的梦想付出任何代价，我没有错。

我想起了我曾经一时的情迷，而酿造的大祸，没有了言语。

阿尔法没有什么错，我也没有什么错。谁对谁错，谁又能分得清楚？

就在我们都恍惚的瞬间，维妮卡曼突然出现了，一刀刺进了阿尔法的胸口。

再见开始忘记

我惊呆地看着倒在血泊中的我的亲生哥哥，我从来没有要和他争夺什么王位，也从来没有要索取他的性命，我从来没有想到过，他会这般地，死在我的面前。

举国欢腾起来，我在呆呆的沉默中，被人群簇拥着，来到了老国王的面前。

老国王说，孩子，生在我们这样的家族，只能是血肉相拼，你也不必太难过。

12

我成了为国王，可是我失去了安芝拉。

我不知道她去了哪里，为什么会失踪，我分明地，用我的爱情解除了她的咒语。

可是，我再也没有找到她，包括维妮卡曼。

这一切，仿佛是一场盛大的梦，梦里悲欢离合全部尝遍。然后梦醒了。

是这样的吗？为什么我的胸口一直隐隐约约地痛？

就这样隐痛着，很快就忘记了痛。很多年，就这样地飞过去了。

我们的国家富足而温暖，每天有来自西海岸的微风吹过，五彩缤纷的小鸟啁啾，郁金香的气息迷人地笼罩着上空。我的臣民们都很爱戴我，有时候他们会编一些好听的歌曲唱给我听，我总是微笑着、享受着、喜乐着，一年叠过一年去。

似乎，这一切是完美的，完美到不可想像。

呵呵，太过完美的事情，往往有最大的疏漏。

没有人知道，他们的完美的国王，是一个空心人。

　　在很多很多年以前，他把心，丢了，一直没有找回来。

　　有一天梦里，我似乎又回到了那个年代，我那么年轻，一直想做一个英雄，我爱上自己的梦幻，忽视了身边的爱情，致使最爱我的女人变成了青蛙。我梦见那一片青色的背景中，安芝拉出现了，那么遥远那么遥远地看着我，说，特雷萨，感谢你拯救了我，可是我不能在你的身边陪伴你了，爱情，太累太累。我以为我可以承受，可是我不能够，因为你给我的爱情，不是真正的爱情，而是感恩。我永远也不可能得到你最真的感情。我回到我自己的国家了，那里虽然没有你，但是有我赖以生存的亲情、友情环绕着我，我或许可以靠着这些东西过活。特雷萨，现在的你，是国王，而不是我爱的那个单纯的王子。特雷萨，如果可以，让我们一起忘记吧。

　　我在梦中惊醒，身上布满了焦灼的汗。

　　抬起头来，天已经亮了，新的一天又要开始了。

　　听着窗外熙熙攘攘的人声，我无比地惆怅起来。

再
见
开
始
忘
记

恕我疏离

我在望不穿的树林里纵情奔跑，即使瞬间化为桂树，我也立誓绝不碰那荆棘的爱情。

1

我叫丹弗妮，一个自由自在的女神。

奥林匹斯山的女神，多如牛毛，我只不过是一个默默无闻的小神。我的日子过得轻松自在，每天清晨，我都会在森林里唱歌，歌声越过枝叶之间，袅袅地飘到天空上去。河神时常会被我的歌声所感染，浮出水面，陪我一起唱。他送给我一只树叶编制成的环，那么青翠的绿色，我把它戴到我金黄色的头发上面。天上飞来了几只五彩的雀，湖水映出了我的倒影，河神说，丹弗妮，你笑起来的样子，真像辛西娅。

曾经在一次庆祝宙斯生日的盛大聚会上，我看到了绝美无尘的月亮女神辛西娅。我无法形容那一刻我的恐慌和震惊。原来只是听到过无数的对她的歌颂和赞美，也知道关于她的很多传闻，但是当如此真实地看到一个传说中的人物时，我还是被击倒了。

原来有这样的一种女人，她端坐微笑，便能光芒四射，她即便沉默，也足以艳压群芳。

任何女人看到她，都会生出愧疚，为自己粗陋的容颜而颤抖。谁有勇气和她对视，谁就会变成灰尘里面的一颗沙砾，连呼

恕我疏离

天使只在夜里哭

吸都困难。

只有恒久的处子，才会散发出那样奇异的气息。月神，向来都是众女神仰慕和向往的圣洁之神，我也不例外，我对辛西娅，充满着仰视的憧憬和恋慕，就如同毛虫对成蝶遨游的恋慕。因为有着丰盛的期待，所以暗淡的生活也可以维持。我多么渴望，有那么一天，我也会如她那般地，笑里笼罩着光环。甚至，我愿意做她身边的一名默默无闻的侍女，每天能够跟随她一起，白天到那茂盛的森林里面去狩猎，夜晚坐在月亮上面唱歌。

聚会散开的时候，众神纷纷地高唱赞美诗，我找了一个最靠近月神的位置，目不转睛地看着她。她肃穆地对着宙斯，脸上不带一丝感情的色彩。

听过很多关于她的传闻，传闻中的她奇怪又冷淡，一直用面纱遮掩自己的动人面目。曾经有一个神爱上了她，亲吻了她睡熟的容颜，便被她醒来后怒化为了一阵清风。还传说有一位诗人爱上了她，月圆的夜里爬上了阿尔卑斯山的山巅，大声疾呼她的名字，后来这个诗人疯了，并且，从此之后的诗人，或多或少都有一些精神上的脆弱，如果月圆的时候爬上山巅，一样会疯掉。

她真的，如传闻中那样的决绝吗？在别人感情事迹漫天飞舞的神界，怎么会有这样孤独的女子？

我可以肯定，自始至终，她连看都没有看我一眼，尽管我的眼睛，没有离开过她一丁点。

生长在奥林匹斯山，从小就沐浴在各色的绯闻之中，看惯了爱恨纠缠，神和人的感情没有什么区别，但是由于神是比人类更优秀的族类，所以更容易追逐新鲜，没有谁会是谁的唯一。不过我更愿意追着自己的理想，跟月神一起守护月亮。

可是，这是一个多么奢侈的梦想。我沮丧地低下了头，众神纷纷地散开，我也慢慢地返回了自己的森林。

2

河神说，丹弗妮，丹弗妮，你为什么闷闷不乐？

我忧愁地说，我多么羡慕辛西娅。

河神笑着说，你为什么羡慕她？

我说，她是完美的，是我所梦想的高度，我要自己如她一样，守护着自己的纯洁，永生永世。

河神说，丹弗妮，你不过是一个孩子，你所看到的，不过是圣洁的表面。其实，谁都躲不开情劫的纠葛，即使是辛西娅，也不能免俗。当年她爱着她的奴仆厄尔翁，但是她始终得不到他相应的爱情，后来她一次失手，射死了航海的心上人，所以她才会从此封锁了自己的感情，变得如此的冷血和绝望。

为什么我所听到的爱情，都是那样地辛酸、惨厉？放弃了爱情的月神，看上去是那么地安静和从容。也许没有爱情，人生也没有什么不同。我天真地问河神，如果可以，能够选择不经历爱情吗？我只想一个人快乐地生活，像辛西娅一样地去森林狩猎，坐在月亮上唱歌。

河神不再理我，他潜入水里，留下我迷惘地对着水面发呆。

突然，我看到一个美少年的影子匆忙而过，我抬起头，哦，是他，阿波罗，俊美的太阳神，多少女神心目中的王子。他那么多情，那么英俊，却又是那么地冷酷，他每天穿梭在阳光里，万众瞩目，傲不可及。我笑了笑，迅速地消失在丛林中。

恕我疏离

天使
只在夜里哭

3

我被一枝箭射伤。

在我毫无防备的时刻，我抬起头，看到了丘比特，他惊恐地捂住了嘴，手里的弓箭掉在地上，看我倒在血泊里。

啊！……丘比特失去了主张，看来他很少会犯这样的错误。

我忍住伤口的疼痛，扶着身边的一棵树，站了起来，准备离开这尴尬的场景。

丘比特这时候才恍然惊醒，他大喊一声，你要去哪里？

我停住脚步，回头看着惊慌的他，说，没关系的，爱神，今天的事情没有人会知道的。

丘比特走到我的面前，看着我流血的伤口，皱了皱眉头，说，你叫什么名字？

我笑着说，我叫丹弗妮，生长在这片森林里。

丹弗妮，丘比特笑了，你是个美丽的女子。

我礼貌地笑了笑，丘比特继续说，今天的事情，我要用满足你的一个心愿来偿还。你告诉我你最大的愿望是什么，我一定会帮助你去实现的。

我说，我的愿望，就是希望你的爱情之箭永远不要射中我。

丘比特吃惊地看着我，说，为什么？所有的女神都围绕着我，希望我可以将箭射中她们的心上人，为什么唯独你，会拒绝爱情之箭？

我说，你的箭，只能射中心上人的瞬间，不能维持它的永远。爱情若不能永恒的话，那么请允许我的疏远。

丘比特说，你真是一个特别的女子，好，我答应你的要求，但是，也许你会后悔的。

我笑着摇了摇头，说，我的最大愿望，就是做一个月神一样的完美女神，尽管我知道这是多么奢侈的梦想。

丘比特说，如果不是你先有了这样的要求，我都忍不住要爱上你了，你叫丹弗妮，对吗？丹弗妮，如果不是你先有了这样的要求，我想我已经爱上你了。

我有点悲哀，爱情，就是这样说来就来的东西吗？仅仅因为误射中了我？仅仅因为我的这个请求有一点特别？

早知道伤害的可能性，就选择不纵身跳入火崖，这应该是最明智的选择。我对丘比特说，亲爱的爱神，你答应过我的，不要把你的箭射中我，因我是不需要爱情的女子。

丘比特说，凡事都有定数，强行地扭转，只能带来灾难。

有比爱情更大的灾难吗？应该没有，所以，我还是坚持，并在他遗憾的目光中从容地笑了。

4

从此之后，丘比特开始频频地出现在我的身边。开始都可以算作是偶遇，但到了最后，我不得不承认，这是多么地刻意了。

不过，他从来没有提及一点点和爱情有关系的话题，我们看上去，就像是相交多年的老友，有时候我们一起在河边谈话，有时候我们一起在羊群中唱歌，一切看上去，是那么地自然而然，没有丝毫的不妥。

有一天，河神意味深长地对我说，丹弗妮，爱神对你一见倾心了。

恕我疏离

我说，你也这么认为吗？我以为是我自己的错觉。

河神说，他看惯了男男女女的悲欢离合，能够对谁倾心非常地不易，你也许应该珍惜他的这份感情。

这时候，一个熟悉的声音传过来，是阿波罗，他穿着鹿皮缝制的外衣，眼睛深陷，头发金黄。我突然有点慌张，一下子钻进了一棵茂密的树下，每次看到他，我都会下意识地躲藏起来，我不知道为什么我会有这样的行为，为什么会躲避着他。

丹弗妮？丘比特不知道什么时候出现在我身后，迷惑地看着树叶丛中的我，你怎么会在这里？

我有点脸红，想为自己的奇怪行为找一个借口，可是无论如何，我都没有找到一个可以说服自己的理由，于是我只好故作平静地走了出来。

丘比特手里拿了一个百合花编制的花环，对我说，丹弗妮，我昨天飞遍了 4 个国家，找到了 100 朵形状相同的百合花，我把它们编制成了一个花环，送给你。

我惊喜地接过他的花环，戴在头上，湖水里倒映着美丽的影子，我忍不住跳起了舞，是神界盛传的伦巴达。我在很小的时候，就学会了这个特别的舞。据说当心上人来临的时候，这个舞会令他明白，你是多么地爱他——我有点尴尬，停住了自己的舞步。丘比特却看愣住了，他走过来拉我的手，我羞涩地躲开，丘比特说，丹弗妮，丹弗妮，你不肯为我，改变你的信念吗？

我低下头，没有回答他。我不敢看他炽热的眼睛。

丘比特握我的手更加紧了，丹弗妮，可以吗？我第一眼看到你的时候，就爱上了你。你不明白吗？

我摇头说，亲爱的爱神，恕我不能接受你的爱情。我要做月神那样圣洁的女子。请你原谅。

丘比特愤怒地说，只要我愿意，一箭射中辛西娅的话，她马上会疯狂地去爱上什么人。

我惊恐地说，爱神，爱神，请你千万不要破坏月神的完美，请你！我不是没有听说过她的爱情，她那样的女子，一靠近爱情，必然是鲜血淋漓。我愿意她如现在这样的平静快乐，请你千万不要破坏她平静的快乐。

丘比特在我的恳求中心软了，他叹了口气，沮丧地转身走开了。

我有点无助，呼唤河神。河神一脸黯然地说，丹弗妮，我的孩子，你怎么可以这样伤害爱神呢？他是多么地爱你呀。

不知道为什么，我的脑子里，突然浮出了一张熟悉的脸，是我一直躲避的，不敢直视的，不敢揣测的脸……怎么会是他？怎么会是他……我平静了一下自己的思维，平静了一下突如其来的心跳，可是，一阵熟悉的声音，又从远处传了过来。我不得不承认，我对这个声音，是超乎寻常地敏感，无论是从哪个方位传来，都会被我准确地捕捉到，我有点心惊，不躲这一次如何？

5

阿波罗，快乐的、遥远的太阳之神，宙斯最钟爱的儿子。

他喜欢花，所有的花都为他开放，最痴情的向日葵，甚至为了他，决定了自己生长的方向。

他喜欢水，所有的水看到他都会闪闪发光，粼粼的一片，万丈光芒。

他喜欢人们欢笑，于是，人们选择在白天沸腾，成全他的欢喜……

恕我疏离

天使只在夜里哭

　　我在心里默默地重复着这些和他有关联的字眼，我要给自己勇敢的鼓励。

　　那么多的人喜欢着他，仰慕着他，就算我对他有一些关注又如何？为何见到他，会令我紧张得想逃？

　　他经常会到这片森林里来打猎，我已经忘记了是从什么时候开始注意到他的，但是，他却一次都没有注意到我。我是平凡如沙粒的小神，我甚至连封号都没有，在他的身边，围绕着太多的才貌出众、精明强干的女神，即使他注意到我，我也早就预料到了故事的结局。我终于肯承认自己的热爱，但又害怕被爱情抛弃，我小心翼翼地保护着自己，保护着自己的感情。既然已经明白地知道结局是什么，那么我还是坚持自己的信念，追随着月神，成为永恒的处子，我不要那么多的欢乐，更不要那么多的悲伤。

　　但是，我可以不躲。我平静了一下自己的慌乱，若无其事地漫步在这片我熟悉的森林里，小鸟在唱歌，小草在微笑，树叶在随风轻摆，一切并没有什么不同。

　　一只奔跑的兔子被一枝箭射倒在地，随着箭射来的方向，我抬头看到了阿波罗，同时，他也看到了漫步的我。

　　我们几乎是在同一时间，停住了脚步。

　　对视，眼中的对方，居然像是上个世纪就曾识得的身边人。

　　第一次凝视他的眼睛，那么深邃，那么多情，当然早就知道他是多情的，可是为什么在这样的时刻，我突然恍惚起来？似乎我如此地守着自己的感情，就是为了这天与他遇见。可是这样听起来，又是那么地荒唐可笑，我不是曾经信誓旦旦地表示自己要如月神一样地纯洁吗？为什么我会在这样的时刻，发现了自己的心动？原来所有的一切，不过是害怕受到伤害。我怎么可能，超凡脱俗到不需要爱情，不爱上阿波罗……

　　他那么懵懂，那么无辜地看着我，他不会明白我的感觉的。我在他眼中，不过是众多偶遇里面的一个，不是最美好的，也不是最聪明的，更不是最特别的。他也许会瞬间被我迷惑，那也不过是因为新鲜，假以时日，他就会被更新鲜的人所迷惑，而忘记此刻的一切。是这样的，当然是这样的……

　　不知道为了什么，我猛然间心灰意冷起来，我转身就跑，好像这是我唯一可以做的事情。

　　阿波罗显然是被我的奇怪行径给吓倒了。不过，他只是愣了一会儿，便跟着我跑了起来。

　　喂，美丽的姑娘，你为什么要跑？

　　听到他的呼喊，我更加快了奔跑的脚步，我漫无边际地跑，我不知道我要跑向哪里，但是我不能停住我的脚步。这时候，丘比特突然出现了，他冷冷地看着我，说，丹弗妮，丹弗妮，你对我说谎了。

　　我一边跑着，一边挣扎地说，我没有，爱神。

　　丘比特黯然地说，你知道吗，丹弗妮，如果没有我这附着神灵的一箭，你是不会停止奔跑的。你现在还可以改变你的主意。如果你愿意，我可以为你射下这一箭，那么你就会轻易得到太阳神的爱情，阿波罗的爱情——那是多少女神梦寐以求的爱情啊……

　　我使劲地摇头说，不，不，爱神，我不要爱情，爱情是靠不住的东西，如果我贪恋爱时的甜美，终究会被爱结束时的利刃刺伤。爱神，你明知道我是一个多么软弱的女子，我不过是一个软弱的女子，如果能够预知最后的伤害，那么不如狠心地躲开。

　　丘比特说，丹弗妮，你的爱情，原来是阿波罗……这并不在我意料之外。

　　我摇着头，奋力地奔跑，后面不时传来阿波罗的呼喊，他如

天使只在夜里哭

同追逐奔跑的猎物一般，爱上了这场奔跑的游戏。而我，是那只眼看就要被掳获的小兽，气喘吁吁地为自己的生命狂奔。

阿波罗看到了丘比特，他焦急地说，你为什么愣愣地在天空发呆，你没有看到我爱上了一个奔跑的姑娘吗？你的箭呢？

丘比特艰难地看着阿波罗，不知道该说什么。

阿波罗大声疾呼，丘比特，你的箭呢？请你帮助我射中前面那个姑娘，我要给她安定的爱情！

丘比特说，阿波罗，这奥林匹斯山有无数的女神，她不过是一个默默无闻的小神。你们之间太悬殊，请你不要用爱情来伤害她，好吗？

阿波罗说，她是那么特别的女子，她奔跑的姿态是那么地胆怯和无助，她一定有无数的秘密和心事。我愿意让她做我的爱人，我要给她最安定的保护。

我忍不住流下了眼泪，心在那一刻化成了棉絮，柔软得不堪一击。我听到了，听到了他最真切的告白，我想马上停住我的脚步，勇敢地迎接上去，就让我忘记一切的忧患，勇敢地爱一场吧。我为什么要害怕被抛弃和别离？是的，能够和自己心爱的人，纵情地爱上一场，不就足够了吗？我最崇拜的月神，她那么完美，那么完美，但是她心爱的男人，却并不爱她。我距月神的完美十万八千里，但是我心爱的阿波罗那样深情地表白了对我的爱恋，我为什么不能为他，放下一切的束缚，勇敢地走向他呢？

可是为什么，我停不住我的脚步？我好累好倦，我多么想停下来，投入阿波罗宽厚的怀抱，从此做他向日葵一样的女人。我开始哭泣，阿波罗，阿波罗，我在这样的时刻想爱你，可是我却不能控制自己的行为，为什么呢，为什么？

阿波罗并没有停住自己的脚步，他加快了速度来追逐我。就要追上了，就要追上了，我好激动，我明白，如果他可以追上我，那么我就会融化在他的热情之中。我突然明白了我一直奔跑的原因，原来是我自己一直的誓言，诅咒了自己的爱情，当我的爱情来临的时候，神灵按照我曾经的意愿，让我疏离它，而疏离爱情唯一的办法，即是奔跑。我停不了脚步，阿波罗，我的爱人，请你千万不要放弃，我在等待你的救赎……

6

丘比特可以帮我的，我怎么居然忘记了。丘比特，丘比特，你在哪里？

丘比特不见了。在这场尴尬的关系中，丘比特是最无辜的，他不小心射中了我，不小心爱上了我，可是我对他唯一的要求是，请他不要给予我爱情。然后，在他说服了自己我是一个不需要爱情的女人的时候，我却突然爱上了阿波罗。我不知道我对他的伤害，是不是早已经超过了他给我的伤口。

我这时突然想打破一切的誓言，唯求丘比特赐我一箭，让我圆满和阿波罗的缘分。可是，丘比特，不见了。

7

阿波罗就在我触目可及的位置，对我奋力地追逐。

我可以看到他的额头，因为长时间的奔跑，而渗出的汗珠。阿波罗，阿波罗，我的阿波罗，我的心疼如何表达给他，我听到他大声地呼喊，姑娘，美丽的姑娘，我要给你永恒的幸福，只要

恕我疏离

天使只在夜里哭

你停下脚步！

我含泪回应，我不奢求你永恒的幸福，我只求你真诚的心灵。

阿波罗说，我答应你，我真心以对，你不要再逃了，好吗？

我说，我没有办法控制住自己的身体，求你不要放弃，求你……

阿波罗听了我承诺的话，更加有了奔跑的气力，他加快了步伐，眼看就要追上我了，他的手触摸到了我冰凉的后背。我好兴奋，只差一步，我们就可以携手天涯，可是……

我突然感觉到一阵钻心的疼痛侵袭了我的双脚，几乎是在刹那间，我被定在了原地，我万分恐慌地接受着这突如其来的事变，我还没有弄明白是怎么回事，我的双脚已经变成了树干，深深地陷入了泥土里。

8

我和阿波罗，都被眼前这场变故，搞得目瞪口呆。

我们终于停住了莫名其妙的奔跑，可是我的双脚，已经变成了粗壮的树干，并且，我的身体起了变化，我明显地感觉到我的腿部在慢慢地随着我的脚，和大地混合在一起……而我的腰肢，也在如此地变化。我窒息而且气闷。阿波罗惊慌地看着我可怕的变化，拉着我的手说，为什么会这样？为什么会这样？

这时候，河神出现在我的面前，面无表情地说，丹弗妮，我亲爱的丹弗妮，如果你不肯永远地留在我的身边，我只好把你变成一棵树。

一句话如同晴天霹雳，将我击溃在当前。

阿波罗愤怒地说，河神！你怎么可以如此的歹毒？

河神冷笑着说，如果你心里只有一个女人，而她马上就要变成别人的女人了，我想你会比我更加歹毒。

我倒吸一口冷气，看着已经不认识了的河神，说不出一句话来。

丹弗妮，丹弗妮，你这个傻孩子，你每天都会看到我，可是你居然不知道我一直爱着你。河神走到我的面前，惋惜地说，我是多么地爱你，爱你映在水里的影子，爱你戴上花环的美丽，爱你崇拜月神的天真，爱你孩子气的诅咒和你的倔强。当我知道你那么排斥爱情的时候，我又欣喜又伤感，欣喜的是你永远不会属于我之外的任何男人，伤感的是，你一样也不属于我。当我看到你拒绝丘比特的时候，我是多么地欣喜若狂。我以为，连爱神都可以拒绝的女人，是不可能爱上任何男人的。可是……我居然忽略了阿波罗，是的，万神景仰的阿波罗。

他走到我的身边，看着慢慢化成一棵树的我，眼睛里居然含着一滴泪。我从来没有看到过他如刚才那般狰狞，也从来没有看到过他如现在这般柔情。我的心乱了，这就是一直陪着我在湖边度日的河神吗？可是我绝望地明白，我已经变成了一棵树，这是既成的事实。我突然笑起来，原来我要坚持的，马上就要达到了。我变成了一棵树，长在爱我的人的身旁，每天可以看到我心爱的人经过，却不能靠近。我成为了永恒的处子，永不能尝人神皆迷的爱情，这有多么好。哈哈哈哈。笑着，就流出了眼泪。

我看到的最后的画面，就是阿波罗和河神厮打在了一起。他们说的什么？我已听不到了。我感觉自己的身体，已经完全和土地融合在了一起，我的手臂和肩膀慢慢地化成了树叶，我的皮肤变成了粗糙的树皮……我已经变成了一棵真正的树，再也不会有

恕我疏离

人看到我的容颜，再也不会有人明白我的悲喜，再也不会有人知道这过往的曾经，就让一切变成秘密吧。

9

每天清晨，阿波罗都会来看我，他抚摸着我的皮肤，声音哽咽地对我说，丹弗妮，丹弗妮，我来看你了。你看，天边出彩虹了，七色的，我最喜欢的绚丽的七色。我要你陪我一起看。

丹弗妮，你的脚下，开满了五颜六色的花朵，这些花朵，都是为你绽开的，并且永远不会凋谢，有它们的陪伴，夜晚你也不会孤独。

……

我安静地听着我的心上人喃喃的叙述，我很开心，也许，这也是爱情的一种方式，只要他爱，只要他懂得我爱。

我已经全然懂得了爱情的滋味，被爱是辛苦，爱人是痛苦。

阿波罗把我的树叶编成了王冠。他将我命名为月桂，于是王冠也就变成了桂冠。他说，唯拥有胜利和自由的人，才可佩带这桂冠，佩带我最心爱的女人的枝叶所编制的桂冠。

丘比特会在飞倦的时候坐在我的身边，出神地凝视我，什么话都不说，然后又飞走。我有时候很辛酸，对不起，我的爱情，我不能满足你的爱情，我甚至不能遵守我的诺言。

河神一刻不离地呆在我身边，包括阿波罗来看望我的时候。他由于破坏了阿波罗的爱情，被宙斯贬为一名小神，唯一的职责就是守护这片森林。他什么话都没有说，因为这满足了他唯一的要求——可以每天看到我。

10

这就是我，一棵月桂树的传说。

我在反反复复的记忆里度过了一年又一年。

我身边的小草小花早就荒芜，再也看不到阿波罗每天殷勤的探看，和河神沉默的守候了。

只有丘比特，还是偶尔会来，但是他始终不说一句话，不多会儿就走。

此刻，我正疲倦地抬起头，看着满天的星星，看着皎洁的月亮，我看到辛西娅坐在月亮上，百无聊赖地唱歌。我看到有一些疯狂的人，会在月圆的时候爬上山巅，大声表白对她的爱情，她只是笑笑，就令这些人彻底疯掉了。她是那么地干脆和麻利，我多么羡慕她。

她不知道，在很久很久以前，我那么地羡慕她，期盼做一个像她一般圣洁的女神，远离爱情，自由地生活。

可是，在一夜之间，我全部都经历了。

我不再羡慕她的无情和决绝。但是多么感谢，有她陪伴的夜。

原来，爱情就是：被爱是辛苦，爱人是痛苦。

想到传说的月神的不果的爱情，我竟然突然懂得了她的辛酸和辛酸过后的淡然。

最痛苦的是，每天早上，我都会毫无例外地看到太阳冉冉升起，万物开始沸腾，在世界的各个角落里，都会听到关于那个俊美的太阳神的，一段又一段的，爱情传闻。

一切皆可改变。

恕我疏离

天使只在夜里哭

亲爱的，我不过是仰赖着你的爱，生长起来的脆弱魂灵，若你的爱一刻不在，我必化作风中飞舞的一粒灰尘，从此音信不见……

1

我是在高大的灌木树丛中，遇见詹蒙的。

詹蒙，保罗·詹蒙，凯撒家族的保罗·詹蒙，这个国度唯一的，英俊的王子。

我选择遇见詹蒙的时间，是明月高悬的夜，四周是静谧的一片苍茫，只有虫鸟，在呢喃地低鸣。

从这个方位，可以看见灯火辉煌的宫殿，可以听见遥遥的欢呼和舞蹈。这所有的辉煌和欢呼，都是为着庆祝詹蒙 18 岁成人典礼的。

詹蒙，我亲爱的王子，今天，我选择遇见你，在你生命中唯一的，18 岁的夜。

我曾经跪在神的面前，久久不肯起身。

神目光深邃悠长地看着我说，辛西娅，你真的愿意舍弃永久不死的生命，抛掉你女神的身份，为着一个未知的凡世男子？

我坚定地说，他不是凡世的男子，他是詹蒙。

神摇摇头，说，我可以满足你，但是你必须明白，你从此之后，将变成手掌大小，须靠着心上人的真爱，才能养育你的血脉，令你成长为一个凡世中普通的女子。他的爱存在一天，你的生命就存在一日，一旦他日他的爱情不在，你就会枯萎在他决绝的视野之中，从此化作一个守夜的天使，在众生安睡的时候，独自游荡于旷野。

我的眼泪流出来，为着这一个未知的赌注。

我是月亮女神辛西娅，神，就是我的父亲宙斯。而詹蒙，就是曾经负过我，又被我误杀掉了的我唯一的情人，厄尔翁。

2

阿波罗曾经不屑一顾地对我说，你爱的，不过是一具寂寞的躯壳，他的心里，永远不会有你盼望的永恒。

厄尔翁是我的奴仆，有着碧蓝色眼睛的男人，我恋慕着他，他却浑然不知。在我暗藏对他的恋慕时，他爱上了一个俗世的公主。他为她朝思暮想，为她心神不安，甚至为她跋山涉水。我伤心地看着我爱着的男人，为他爱的女人如此颠簸，心如刀割。

他不明白我的感情，却为别人付出着最深刻的感情。

他总是留给我失落的泪水，却把他的感情交付给别人去摧毁。

在他有次看望完他爱的公主，从海上返回的时候，阿波罗说，辛西娅，你吹嘘你的技艺超群，能不能射中海中央的那只鸟？

我笑，别说是一只小鸟，就算是海上有只飞舞的蜜蜂，我也一样百发百中。

我拿起弓箭，瞄准遥远的位置，箭离弦而去。

我突然听到了呼喊我名字的声音……手里的弓即时掉到了地上。我看到了我最爱的男人，挣扎在我最得意的箭下，弥留之际呼喊的，是我的名字。

厄尔翁，我的亲爱，我最深切的爱，死于我的手下。

3

这一世，没有了碧蓝眼睛的厄尔翁。

此时，他是华贵的詹蒙，凯撒家族的王子，保罗·詹蒙。

我愿意为他，舍弃永久不死的生命，抛掉尊贵的女神身份，变作一个掌中的精灵，只等他来，用他的爱，将我拯救。

我选择遇见他的时间，是这夜，他18岁的成人庆祝典礼上。

一切皆有定数。神说，任何事情都可以尽在掌握，除了爱情。

尤其是凡世男子的爱情，那是最珍贵又最短暂的一件珍宝，因为它，可以令一切生机盎然；因为它，也可以令一切天崩地裂。

任何事情皆可以控制，生命、遭遇、轮回，唯独爱情，没有办法控制。神再次看着我决绝的眼眸，作最后的忠告。我笑了一下，潜入夜色，整理好笑容，只等这个夜色的来临，我的厄尔翁。

詹蒙如期而至，并看到了树丛中等待许久的我。我想，他一定会为我的出现，而感到慌乱，或者迷惑，因为我，现在的样子，只有手掌的尺寸。他有点醉，我疼惜地看着他俊美的容颜，

天使只在夜里哭

他是那么地懵懂、澄澈，轮回中，他早已经忘记了曾经的一切，他不会相信眼前一身华衣的女子，就是爱他深刻入骨，却又结束了他生命的月亮女神辛西娅。

你是谁，可爱的姑娘？他蹲了下来，好奇地看着我，你怎么会那么的小？

我是谁？呵呵，我亲爱的詹蒙王子，我是谁不重要，我是在这里特意等候你的。

他更加好奇，等候我？

是的，等候你。

这样的话一说出，突然觉得有点辛酸，亲爱的王子，我可以为你跳一支舞吗？

当然。詹蒙坐在一棵大树的旁边，手托住下巴，神采奕奕地看着我。这时候，远处宫殿传来伦巴达的舞曲，激烈而高昂，就这首吧！我随着音乐起舞，身上的花蕊刹那间纷纷飘坠，宽大的裙摆旋转旖旎。詹蒙看得痴癫了，伸手将我握住。他的手那么大，那么温暖，刹那间我有一些情迷，于是我转身逃脱，不过在眨眼的瞬间，消失于詹蒙的视线之外。我纯白色的手套，滑落在他的手中。

喂，可爱的姑娘，不要害怕，我不会伤害你的……詹蒙以为是自己的卤莽吓到了我，追悔地举目四望。

我躲在一棵大树的后面看着焦虑的他，詹蒙，原谅我，我不能太早地靠你太近，我只能仰赖着你的真爱，来等待唯一的生机。

我看到詹蒙无措地自语，我一定是酒醉了，怎么会有这样的幻觉出现……

可是，可是，他手里，是那只明明白白的、带着余温的、我的白手套。

4

爱里，没有尊贵和高傲，只有隐忍的等待。我的爱。

我不能确定詹蒙是否可以对我情有独钟，对詹蒙，我没有笃定的胆量，只有心神不安的揣测。

也许这场遇见对于他来说，不过是千千万万场遇见中的一场。况且我这虚弱的身躯，和满怀心事的样子，我不能似他身边的女子那样，毫无心机地笑，肆无忌惮地哭。我的宿命，被我紧紧地攥着，要拿到詹蒙的面前，凭借着他的真爱来圆满。他会将我，放在心中吗？

我将在遇见他的地方，等待他的再次来临，这似乎类似于一场倾家荡产的豪赌，赢得，我必花团锦簇；颓败，我将万劫不复。这样的赌注……

第二个夜晚，夜凉如水，他没有来。生日庆典令他太疲惫，需要休息吧……

第三个夜晚，鸟语花香，他还是没有来。宫廷里戒备森严，不能随便出来的吧……

第四个夜晚，凉风习习，他依旧，没有来。有一些什么琐事绊住了脚步吧……

第五个夜晚，安然静谧。我陷入了惊慌……他也许是将我遗忘了吧……

七日内他若不能出现，那么我必将坠入轮回的深渊，永远丧失与他恩爱的机会。这是不可洞破的天机，他不会明白，我不能诉说。

可爱的姑娘，原来这一切，真的不是幻象。

天使只在夜里哭

天使
只在夜里哭

如同一阵突然的霹雳，划破在我已然冷却的天空，我抬起低垂着的、绝望的头，天！我几乎不能相信眼前，是笑里带着迷蒙的詹蒙。

他，在第六个夜晚，我无助绝望的边缘，来到了我的面前，脸上带着迷惑和惊喜。我几乎不能自已，一时间，委屈的眼泪倾泻出来。詹蒙单膝跪下来，轻轻握住我的手，说，我一直以为你，是我酒醉后的幻觉，我醒来后曾笑自己荒唐，以为那是自己设计出来的浪漫而已。可是，这几天，你的影子一直在我的脑海里旋转，真的好奇怪，从来没有一个女人，能这么久地占据着我的头脑。直到今天，我突然发现了我那晚穿的衣服里面，真的有一只白色的手套，我才恍然大悟，原来，你不是幻觉。所以，我一定要再次来找你。

当然，当然，我的王子，你可知道我是历经了多少惊慌失措，才等到你的再次到来？可是这样的话，我一句都说不出口，我只是委屈地哭，眼泪遮掩住了我的面容。詹蒙握我的手有点紧，我觉得有点疼，但是又不舍得抽离。

你是不是上天派给我的天使？

我心下一惊，天使……不，不，詹蒙，我怎么会是天使，只有当你负了我的欢爱的时候，我才会被罚为一个守夜的天使，现在的我，是等你的爱情救赎的月亮女神。

我摇摇头，对着詹蒙的脸，伤神地说，你是王子，我不过是一个普通的女子，只有在这里，才有可能接近你。

你叫什么名字？詹蒙吻了一下握在他手中的我的手。

辛西娅……

当我说完自己的名字时，我突然感觉身体有些异样，好像有千万滴血液要奔涌而出的样子。并且，我发现，眼前的詹蒙越来越近，猛然一阵恍惚，我已经到了他眼前的距离……天，我竟然，亭亭玉立地站在了詹蒙的眼前，眼睛竟然已经到了他嘴角的位置……

我，终于变成了一个正常的女人。

詹蒙惊喜地说，辛西娅！辛西娅！我从来没有想到，上天会赐予我如此美丽的你！我不得不承认，这一切是天意，你就是上天派给我的。

我掩饰不住奔涌出来的狂喜，双颊涨得绯红。幸福来得实在太突然，我还没有承受它的能力。

詹蒙说，辛西娅，你愿意做我的王妃，每天陪伴在我的身边吗？

当然当然当然，哪怕不是王妃，哪怕什么都不是，有着他的爱情，我已满足……我再次忍不住流下眼泪。詹蒙开心地说，愿意吗？

我点点头，拿起他手里的白手套，现在它只有我一个指头的大小。我笑笑，要扔掉它，詹蒙说，不，我要留着它，做永远的纪念。是它，令我得到了一位美丽可爱的王妃。

我温柔地看着詹蒙，良久，问，亲爱的王子，但愿你的爱情，不是突如其来的热情。年轻男子都容易激情迸发，我没有能力承受成熟后的冷静。

詹蒙很认真地看着我说，辛西娅，我不是突如其来的热情，我从来没有想念一个人超过一天。可是你，整整占据了我6天的每时每刻。为了表示我的真心，我要马上举行盛大的庆典，庆祝我找到了心爱的姑娘。

刹那间，天空烟花一片。

天使只在夜里哭

5

王宫里面所有的人都在议论，王子疯了。

当詹蒙拉着我的手，穿越层层叠叠的宫殿，来到他的父亲，凯撒国王面前的时候。慈爱而宽厚的国王听完詹蒙激动的叙说之后，只微笑地问了一句，你愿意对你今天说的这些话，负长久的责任吗？

当然，我愿意，詹蒙目光坚定地紧握住我的手，我愿意永远爱身边这个女人。

那么，好的，这位漂亮的姑娘，可以做你的王妃了。

举国欢腾。王子找到了心上人。

千万个心仪王子的女人，心如死灰。他们的国度，最优秀的男人詹蒙，心有所属，一个叫辛西娅的不明身份的女人。

不是没有听到怀疑的质问，这个身份莫名的女人来自何处？如何令王子一见倾心的？她的目的是什么？……

我没有任何目的，爱是我唯一的要求。

那个晚上，我们在宫殿里跳了一夜的舞，穿梭于人群中，跳舞到天亮。

詹蒙的爱，令我完全折服。我盛开在他的怀抱里。

詹蒙信誓旦旦地说，辛西娅，我爱你，我愿意拿一辈子的时间，来爱你。

詹蒙睡着的时候，我悄悄对着天空起誓，如果可以，我真想在这情浓的一刻死去，令一切永远凝固。

6

每天，早上到晚上，詹蒙，都陪在我的身边，我们一起吟唱赞美诗，一起给花草浇水，一起在阳光下面散步。每个人见到我，都会看见我遍布的笑意。渐渐地，所有的人都喜欢上了我，包括那些曾经恶意揣测过我、怀疑过我的人。因为我的笑容，比太阳还要温煦。而且，詹蒙，也比原来更加明媚。

我们还会讨论一些诗歌和旋律，甚至国家的疆域，民众的渴盼。詹蒙通常会笑着聆听我的见解，然后感慨地说，真的感谢上天，把这么完美的你赐予我。

我微笑不语，詹蒙，詹蒙，只愿你的爱情，一直持续很久，完成我们此生的使命，我和你，就可以得到永恒了。

可是，我看到了艾丽萨。

我感到了一些隐患。

艾丽萨，不知道什么时候出现在王宫里的陌生女子，有一头妖娆的、炽热的火红色头发，脸上没有任何表情，有时候会出现在我们的视线里，有时候却又不知在何处。有天晚上，我们在散步的时候突然遇见了艾丽萨，她慌张地低头闪过。詹蒙的眼睛，一直追随着她的背影而去，然后，他疑惑地问我，这个红发的女人，是谁？

我看着詹蒙迷惑的眼睛，心里有一些伤感。我不是自私的女人，但是当詹蒙的眼睛，追随着艾丽萨而去的时候，我的心，真的，被揪痛了。

屈指算来，与詹蒙在一起，已经有几百个日夜了。这形影不离的几百个日夜，詹蒙几乎未曾离开过我半步。我原以为，幸福

天使只在夜里哭

就是这么的容易，几乎忽略了最可怕的敌人——时间。

那晚，我在詹蒙的怀抱里辗转反侧，眼前几乎都是艾丽萨那火红色的头发和古怪的表情。

7

那次的遇见之后，很长一段时间内，都没有再看到过艾丽萨的身影。

詹蒙似乎把这件事情遗忘了，还是一往情深地陪在我的身边。

也许真的，是我太过杞人忧天，可是，有一块阴影，却从那一刻开始长在了我的心内，生枝发芽，我的笑容也不再心无城府地明朗。

詹蒙没有发觉，他是个太快乐的孩子，太快乐的孩子往往不会注意到身边弥漫的尘埃。

近来，他的精力都放在了仁慈的国王身上。国王有点年迈的衰弱，詹蒙寸步不离他的身边。我也一样，我喜欢陪着詹蒙一起，在老国王的微笑注视下为他削苹果，或者给他讲笑话。

一夜，忽然看到艾丽萨来到了我的面前，面带轻视地笑着对我说，亲爱的月亮女神，你还认得我吗？

我搜遍记忆，寻不到这个女子的讯息。

艾丽萨继续说，厄尔翁爱上的是我，这一直是令你耿耿于怀的。你认为他之所以爱上的是我不是你，不过是因为他先认识的是我。这世，你先遇见他，如果再次输给我，那么就不能怪罪任何人了。哈哈哈……

一个冷战将自己惊醒，原来是一场梦。

原来艾丽萨，就是詹蒙曾经痴迷的公主。

我心有伤，为什么我居然把她，给遗忘了。

而轮回中，我们三个人，再次相遇到一起。看来这是命定的纠葛，任凭怎么样都无法逃脱。我终于明白了为什么詹蒙看到艾丽萨会情迷，原来这是他永远不可能忘却的记忆……

詹蒙就在我的身边，心平气和地睡着，月光透过窗户洒到他的脸上，他是多么的无辜，多么的懵懂。我抱住他，我深爱的男人，忍不住泪流满面，但愿他的记忆不要太早醒来，但愿他的情感懂得即时控制……

8

还有一个月，就是老国王 70 岁的生日了，詹蒙准备搞一个巨大的欢庆典礼，我们开始一起筹备，一起策划。我想起了我的父亲，我的父亲，天下人皆知的威严、肃穆的神，人们对他充满着敬畏和神往。可是，我对老国王的爱，一点都不比对他逊色，他是那么地慈爱，那么地开明，整个国家在他的统治下井井有条，国泰民安，并且，他养育了如此可爱的詹蒙。

詹蒙说，这个典礼，一定要比王宫里任何一次喜事更加令人瞩目，他那么深地爱着自己的父亲，他要全国的臣民都陪他一起爱他的父亲。

就在我们兴高采烈地看焰火排练的时候，突然传来了消息：老国王驾崩。

有几乎 10 分钟的时间，我和詹蒙同时凝固住了。

天使
只在 夜里 哭

然后我们听到了全国上下一片哭声。

詹蒙苍白着脸，看着我，说，辛西娅，为什么会这样？为什么会哭声连天？

我悲痛地走到詹蒙面前，摸着他僵住的脸，心疼地说，詹蒙，亲爱的，国王他走了。

我看到詹蒙崩溃在我的面前。他跌跌撞撞地向国王的宫殿奔去，步履艰难，却又似离弦之箭。我追不上他，他真的是一个脆弱的孩子，不如让他独自一个人在他最爱的父亲面前，痛痛快快地哭一场吧。

我靠在墙边，脊背发凉，突然明白了人的生命原来是如此地脆弱。任何的情感都抵挡不过岁月的摧残。难怪人类那么憧憬神的永恒。我看了看苍白的天空，心口突然有了不祥的疼痛。

9

这种疼痛一直持续到老国王的葬礼举行的那天。

一直都没有看到詹蒙。不敢去问，他的去向。明白他彻骨的悲伤，不能随便地去碰触。

直到举行葬礼的那天，在举国的悲痛中，我看到了我的詹蒙，神色失常地站在那里，身边有两个大臣搀扶。老国王临死的时候，已经拟定了遗书，由詹蒙来继承他的王位，继续治理他的国家。国不可一日无君，所以在葬礼的同时，颁布了詹蒙成为新国王的命令。

悲痛并喜乐着。悲伤太重，于是无法喜乐。

我的詹蒙，不再是无忧无虑的王子，整个家国的重担，过早地压到了他的身上。

我一身黑衣，走到詹蒙面前，手伸进詹蒙的臂弯，原本搀扶他的大臣有点神情怪异地向我俯首敬礼，然后退到了我们的身后。詹蒙的身子有点发抖。突如其来的变更令他迅速地成长了起来，不过几日不见，他的脸上，已经有了一层悲哀的沧桑和被迫的世故。

送葬的队伍很长，我们必须一路陪同，直到看到国王顺利下葬。这一段路，好像永远都走不完。詹蒙坚持步行送往，不去坐那备好的马车。

突然之间，我感觉我和詹蒙的距离，隔了千里遥远。

怎么会，怎么会？明明是手臂和手臂紧紧地靠在一起。

这时候，一匹马飞快地从我们的眼前经过，马上一个红头发的女人，眼神凛冽地注视着前方。经过我们身边的时候，她回头看了我们一眼，留下了一句话，新国王，你忧郁的样子真迷人。

艾丽萨，是艾丽萨。在这样的时刻，她居然出现了，如一片不该起的涟漪，划在这片死水之中。

我只顾看艾丽萨的背影了，没有注意到，詹蒙，居然骑上马，追了上去。

我失去了主张。苍天，他不是明明白白地说，要陪老国王走过这一段最后的路程的吗？他不是明明白白地看到我也陪在他身边，同他一起走这段路程的吗？他不是……这时候我清清楚楚地听到背后的议论，这个妖女，又想蛊惑新国王，这几天，每天都来纠缠国王，真过分……

难怪，难怪大臣们看到我的时候，会生出那样怪异的眼神，难怪詹蒙突然间，对我有了千山万水的距离。

我心口绞痛起来，我怎么能够接受眼前接踵而来的打击，我觉得一阵眩晕。侍女扶住了我，说，王后，您没事吧？

我笑出艰涩的辛酸，摇摇头。

前面遇到了一点故障，整个队伍都停了下来。侍女扶我坐到了马上，我虚弱地扶着马背，额上渗透着颗颗的汗珠，视线有一些模糊，可是我看到詹蒙，回来了。

大臣告诉詹蒙，我的脸色好难看，可能身体有点受不了。

我坚持下了马，再次挽住詹蒙的胳膊，紧紧地，似乎是拼却了性命似的。我不想问他，为什么撇下我而去，我也不想问他，为什么突然间变得如此冷淡……可是，詹蒙似乎不太在意我的悲喜，眼神冷冷清清地看了我一眼。我心如刀割，詹蒙，这是为什么？

故障解除，大家又开始前行，詹蒙的步子走得好快，快得我都跟不上了。远处，又看到了艾丽萨，挑衅地轻笑着，然后策马奔驰而去。我的眼前一片漆黑，感觉身子在逐渐变小，汗水流满了整个后背。詹蒙并没有注意到我有任何变化，仍旧是步履匆匆地行走。我忍不住了，轻声地说，亲爱的詹蒙，我好累，走不动了，你能慢一点吗？

詹蒙皱着眉说，辛西娅，你穿的裙子太长了。

真的是我的裙子太长了，我被绊了一下，手松开了詹蒙的臂。詹蒙头都没有回地，随着队伍向前走去。阳光毒辣地照着我，照着我渐渐缩小的身躯，这巨大的疼痛袭击了我，我看到自己，在心甘情愿的赌注里，输得一塌糊涂。我太过于自信，以为俗世间不可能的永恒会发生在我的身上，可是，现在，巨大的事实，摆在我明白的眼前。我没有了思想，没有了语言，没有了依靠。天一下黑了下来，万籁俱寂，我伏在地上，这个被爱情伤害得体无完肤的女人，除了喘息，别无他想。

一道金光闪过，神，我的父亲，出现在我的面前。

辛西娅，我的孩子，你真的是执迷不悟。

闻听此话，我的眼泪顿时波涛汹涌起来，我号啕大哭，我问，为什么，为什么？请告诉我为什么，请告诉我，我哪里做得不够好。

神说，傻孩子，不是你做得不够好，只是没有人可以掌控感情，连我，天下的神，都不可以。你知道吗？你们两个还差一天满1000天，就可以修炼成永恒的缘分。仅仅是这一天，他终究没有熬过去，仅仅是一天。不但连累了你要永远做守夜的天使，更连累了他自己，要永世堕入轮回之中，受尽人世间的疾苦。

我闭上眼睛，接受了逃不脱的宿命。

10

我，成为一个守夜的天使，每当万物都沉入甜蜜梦乡的时候，我就在天上四处飞奔。

我，没有感情，没有知觉，我，只是一个天使，守护着黑色的夜，一天又一天。

累的时候，我会坐在一片疲倦的云朵上，俯瞰世界。总有一些角落里，发生着各种各样的故事，你负了我，我欠了你，真累。

不如唱一首歌吧，MOONRIVER？还是别的？

眼睛一斜，我看到了一个熟悉的身影，是永远不愿意再看见的容颜，可是还是忍不住，在没有人发现的夜里，去看一看他。

看到他的身边，多了一抹红色的痕迹——心有伤地轻笑。

看到他怀里，多了新人的痕迹——心有伤地轻笑。

看到他，把说过的话语，重复地说给身边的人听，逗得新人

天使只在夜里哭

天使
只在夜里哭

笑靥如花——心有伤地轻笑。

看到他，散步的身影，有了崭新的陪伴——心有伤地轻笑。

……

新人要一枚珍珠，他差人跑遍全国去搜罗——心有恨地酸楚。

新人要奇异的果，他差人遍野地去寻——心有恨地酸楚。

新人要镶满宝石的象牙床，每个宝石，都分布在不同的国度。他悬赏全国的人去完成这个苛刻的索求。可是，没有人帮助他来完成这个近乎无理的命令。一国之君，把如此荒唐的事情提到全国臣民的面前。开始听到有人怀念地喊着他们曾经爱戴的王后的名字——心有恨地酸楚。

……

终究还是没有达成她的心愿，她开始辱骂，开始暴虐，开始砸一切可以砸的东西，骂一切可以骂的人。他开始皱眉——心有恨地酸楚。

那个国家，那个曾经被我深深爱着的国家，我每天都忍不住去关注它。我听到四处布满了对詹蒙不满的言论，说他不懂得治理国家，整天沉浸在欢爱之中，抛弃了完美的妻，和一个充满妖气的女人纠葛，丧了国家的尊严，失了民众的心——心有痛地遗憾。

他开始委靡不振，坐在一个角落，有时侯一天都可以不讲一句话——心有痛地遗憾。

她继续颐指气使，因为一句话的冒犯，杀害了一个随宫多年的侍女。他终于暴怒，命人把她拉出去，永远不许她再靠近宫殿——心有痛地遗憾。

11

不能看了，不能再看了。

宿命天定，突然明白了；原来神用心良苦，为的是让我自己觉悟。

不过如此，人生一场，是解不开的苦旅，参透了，不过如此。

闭上眼睛，闭上感情，做我安静平稳的天使，每天夜里，数着花开花落的季节转换，数着日出日落的暮鼓晨钟，心里充满了喜乐。

一日，突然感觉有异样的事情发生，原来，詹蒙的臣民，蓄谋已久，要推翻被詹蒙败落的王朝。几队人马已经装备整齐，只等冲向宫殿，取詹蒙的性命，取代他的地位。

我惊慌失措，长跪地上向神企求，求他保全詹蒙的性命，除此之外不再做别的请求。

神问，果然不再做任何请求？

是的，只求保全他的性命。

神默默地消失了。我迅速地跑到詹蒙的梦里，告知他事情的状况。詹蒙如一具行尸一般，沉默地看着我，突然嘴里喊出了一个名字，辛西娅……你是不是我的辛西娅？

我陡然一惊，迅速地撤离了他的梦。

詹蒙失控地大声喊叫起我的名字来。我躲在遥远的天边，泪流满面，詹蒙，我永生不能再爱的男人，我们终究还是逃不脱宿命的无奈，我们错过了一天，于是我们换来了永世的别离。

兵临城下，詹蒙没有一丝抵抗，他静静地走出了宫殿，身形

天使
只在夜里哭

佝偻，步伐缓慢。算算离开不过是 10 年的光景，詹蒙居然没有来由地苍老了起来，他离开了他赖以生存的宫殿，向那片灌木丛中走去。

他开始漫山遍野地找寻我的身影，呼喊我的名字。

神出现在我的面前，看着我的眼睛。

我心如死灰，绝不会再泛起任何涟漪。

他就那样，找着、寻着，蹉跎了一年又一年。他的手里，拿着我们第一次见面时，遗落在他手中的那只白手套。那么小，那么小的一只白手套，它见证了我们所有的悲欢离合。他就这样地拿着它，靠着回忆维生，除了衰老，他不做别的任何事情。

神逐渐满意了我的面无表情和心如止水。

他不再来看我的眼睛。

我，不过是一个没有肝肺的守夜的天使，在轮回中忏悔着自己的罪过，等待着奇迹来临之后的救赎。

12

每天清早，都会有新鲜的露珠凝结在花朵上、枝叶中。

没有人知道，那是我夜夜对着一片遥远的灌木丛，流下的眼泪。

淡如眉弯

天使只在夜里哭

面对一切我无能为力，爱情，从来就是无能为力的一件事情……

1

我曾经无数次地对潘恩说，萨梯族落的人，我永远不可能接受，况且你是这族落的首领。

潘恩冷笑着说，艾可，你会改变主意的。说完之后便恼怒地化作一阵黑风，消失在山林。

有一种男人，永远不明白，吸引女人的，不止是强悍的身躯和坚韧的决心。潘恩不会明白，他只会在我的面前，抖落他日渐减少的斗志和牺牲在他狰狞面目下的野兽。

相信总有一天，他会明白的吧，这需要时间。潘恩，在大部分时间里，还是一个有点任性的大孩子。

我在湖水边轻舞着透明的裙裾，水面上泛起了圈圈的涟漪，等圈圈螺旋回归平静之后，一个美丽的倒影渐渐明晰起来——我，艾可，山中无名的小神，面容纯净。我的偶像，是美之圣灵维纳斯，我的心上人，是因犯错误被贬下天国的阿波罗。

因着一些无意的疏忽，他被贬下天国，居然是9年。

然而这些，丝毫不影响他在我心目中近乎完美的形象。

如我一般爱着阿波罗的小神多如牛毛，我不算最热烈的一个，更不算最痴情的一个，我甚至是他根本不曾在意过的一个。

在这一场关系中，我从头到尾，都是一个沮丧的暗恋者，还没有机会接近，便与之失之交臂。

我信勇敢，但是更信冥冥中的机缘。

这一切皆是我苦守的秘密，任时光变迁，谁都不曾窥出。

我每天守着天黑待天明，数着日出伴日落。其实，就算神圣的阿波罗返回天国，他之于我，也是遥不可及的人。但是这一个不可思议的信念，居然就可以支撑我苦等的岁月。我心有伤，但是喜乐安宁，充满感恩。

我该怎么样来描述阿波罗呢？

他是那样的一个青年，金色的卷曲的长发，随意地垂满完美的面容，风吹起的时候，额前的发丝四处游走，露出淡薄的双眉，隐约细长，宛如弯月。他披着火红的斗篷，站在普天灿烂里悠闲地哼着乐曲，那一刻，万物都充满了生机，花草树木嬉笑喧闹，山川河流奔跑追逐，啊，阿波罗，一切都在为你欢呼。

我从来，都是喜欢那种光芒四射的男子的。我容易被笼罩在热烈的光芒里。所以我对阿波罗，会轻而易举地交付芳心。

潘恩不知道。他是畜牧之神，他所掌管的，都是一些面目丑陋、奇形怪状的牲畜。它们每天都高高地赞美着他，所以潘恩，在虚无的呼声里，变得傲慢又自负。我的姐妹们曾经捂住嘴笑我，艾可，不如你接受潘恩的爱情吧，我们倒是很好奇，不知道你们两个孕育出来的婴孩，会不会是世界上最丑的怪物？哈哈哈。

我被这些恶意的嘲笑几乎弄疯了，于是，暗暗坚定了拒绝潘恩的决心。

淡如眉弯

天使
只在夜里哭

2

　　每日，我都会在这片山林漫游。其实只要你有心思，你便可发现，关于心上人的消息，真的是铺天盖地。

　　听到最多的，不是他多么神勇地与敌人对抗，也不是他救助弱者的感人事迹，而是他数不胜数的风流传闻。其实，我是多么不愿意听到这些风言，可是，我又忍不住四处收集关于他的一切。喜欢一个人，到了某种程度，原来可以纵容一切。

　　最有名的，就是克绿蒂。她遭遇阿波罗厌恶之后，变成了向阳花，孜孜不倦地，盛开在他的视线之中。换作是我，能做到那样吗？你是那阳光，我却是你夜以继日的向日葵？

　　我坐在一片绿草地上，仰望着太阳。因着神灵不在，所以太阳虽依旧升起，却没有万丈光芒。它和我一样，也在等待着阿波罗的归来吧。

　　忽然，我眼前闪过一个人影，没等我反应过来，他便消失无踪。

　　我回了一下神，突然隐隐约约感觉到自己看到了一双弯眉，在笔直料峭的面容之上，偶然闪现，很快就消失……天，莫非我看到了我日夜思念的阿波罗？我心里大惊，寻着刚才人影晃动的方向追寻而去，可是，除了鸟虫低语，花叶交相辉映之外，我没有看到任何东西。

　　莫非是我长久地相思，而出现了奇怪的幻觉。

　　无比怅然，无限失落。

　　我转身离去，这时候，我的胳膊从背后被抓住。我一回头，几乎晕了过去，天！阿波罗！

3

我几乎是拼尽了全力，才将自己摇摇欲坠的思维收复回来。

我必须接受一个现实，我失去了一个女子应有的矜持，脱口唤出了一直在我嘴边徘徊的名字。

最糟的是，眼前的这个男人，他并不是阿波罗。

可是，世界上为什么有如此相似的眉眼，如此雷同的神情，而又是在这样不可思议的时刻，被我遇到。我不知道该怎么解释我的失态，此刻，一片红云飞上了我的面颊，我低下头，想迅速离开这个尴尬的场面，可是，我的胳膊，仍是被他紧紧地握着。

对不起，亲爱的仙女，我在这片丛林里迷失了方向。你能告诉我怎么才能走出去吗？

他离我，是那样的近，简直可以感觉到彼此的呼吸。我倒吸一口凉气，面部僵硬而严肃起来。

他开口说话了，声音辽远而轻飘，似是从天而降的一张网，将我牢牢地网在中央。我动弹不得，却又说不出话来。

看我不说话，他牵了牵嘴角，露出一个迷人的微笑，你能给我带路的，对吗？

我点点头，他松开了他的手，我吐了一口气，领他往正确的方向走去。

一路上，彼此无语。走到森林边缘的时候，他突然折身转向我，低下头来，握住了我的手，说，告诉我你的名字。

我被他突如其来的动作给搞晕了头脑，支支吾吾地说，艾可。

艾可，美丽的名字，感谢你，美丽的姑娘，我将铭记你。

淡如眉弯

他转身就走，消失无踪。

就像一场绚烂的美梦，我张着意犹未尽的眼睛，送我的梦境远走。

4

潘恩托付一只羊，驮来了很多美酒和水果。

我将它们都分给了姐妹们，她们还是一边嘲笑着潘恩的容貌，一边享受着来自潘恩的馈赠。

已经差不多有一周，我都不曾到山林中行走了。

或者，我在潜意识里面，躲避着什么。

躲避什么？我面颊滚烫，眼前是那一张轮廓分明的俊美的脸。同阿波罗一样的脸，却又分明不是阿波罗。我摇摇头，想摇掉一切的思想。

每天，都会遇见很多的陌生人，或者神。他们也不过是众多遇见者里面的一个，谁都不能令我如此在意，除了阿波罗。

我想起雅典娜交代给我们的，为庆祝将要到来的宙斯的生日而做的刺绣，那是我们这些小神们每日必做的功课。我拿起那些被金线描绘的四季美景，低头针织来回的线，我开始绣太阳，太阳啊，我至高无上的太阳。我仔细地注视着自己的每一针，生怕出现任何差错，被众神耻笑，令雅典娜摇头。

赫尔梅斯传来了消息，阿波罗重回天国，宙斯设宴款待山中所有的神灵。

我被针扎破了手指，我没有听错吧——阿波罗，已经返回天国了！我被一片欢呼声掩盖住，随后被卷在一大群人中，一起向回归的太阳神奔驰而去。

5

奥林匹斯山所有的大小神灵都聚集在了一起。阿波罗被众神簇拥着，在离我很遥远的位置，谈笑风生。我看到月神辛西娅为他戴上了一串带着早晨新鲜露珠的花环，雅典娜率领一些女神弹奏起了动人的乐曲，阿瑞斯手捧烈酒，豪情万丈。宙斯和赫拉更是容光焕发地看着赎罪归来的阿波罗。大家举杯同饮，热闹无比。大家总是要借着一个冠冕堂皇的理由，才会心安理得地狂欢。

9 年，居然就这样地，恍如昨日。

神界一日，人间一年。阿波罗必定在这悠长的俗世里，看尽了滚滚的红尘吧，我微笑着远远地看着我暗恋的男人，他一脸疲惫地接受着所有的问候，居然有点泪湿。假如他一直将归未归，我或许还可以给自己一些渺茫的希望，可是现在，他回来了，而我却丝毫不能触及。我只能远远地，隔着人海观望他，喜他的喜，悲他的悲。除此之外，无能为力。

爱情，从来就是一件无能为力的事情。

我害怕别人看到我欲出的眼泪，赶紧转身，谁知道，我却撞到了一个人的怀抱里，抬头一看，竟然是他。

他目光炯炯，笑容神秘地伸出一个手指，在嘴巴边做了一个"不要惊慌"的动作。然后，迅速地拉住我的手，远离了喧闹的人群。

我在气喘吁吁中停住脚步，迷惑地看着他。他是谁，为什么会出现在奥林匹斯山？为什么从来没有见过他？

淡如眉弯

天使只在夜里哭

又见面了。这么巧。艾可。

你居然记得我的名字。

上次见面之后，一直要找你，但是寻你不到。

为什么要找我？

因为只是问了你的名字，而忘记了告诉你我的名字。

离得近了看，才发现，原来他和阿波罗，真的不一样。尽管他也有着卷曲的金黄色头发，笔直英挺的鼻子，玩世不恭的笑容，但是，他的眉毛，露出了他与阿波罗的不同。

阿波罗的眉，清淡疏远，似是水墨图画中依稀隐约的山。而眼前的他，是一副浓重的、刀样锋利的眉。不过是深浅的不同，却有天壤之别。

我叫克索斯。

克索斯，克索斯，我不断地低唤，在脑子里搜索关于这个名字的一切信息，但是都失败了。

我来自一个遥远的国度，因协助宙斯得到了心爱的姑娘，而被封神，随后被带到了奥林匹斯山。可是，我对于一切，都感觉那么地陌生，那么地寡淡，或者我习惯做人，对于太安逸的神界生活，还不太适应。

他似在讲述一个与己无关的事件，说的时候眼神飘乎。以他的容貌，很快就会红起来的，因为各位女神都钟爱美男子的色相，众人皆知，况且是如此有神秘气质的王国贵族。我对他笑笑，似乎看到了他璀璨的未来。

他说，一会儿有盛大的舞会，你愿意做我的舞伴吗？

为什么选我？奥林匹斯山有数不清的美女。孤清傲慢的辛西娅，艳丽妩媚的维纳斯……不，克索斯打断我的话，艾可，我独对你，充满热爱。

这样赤裸的表白令我面红心跳，于是，鬼使神差地，我便答应了他的要求。

克索斯胸有成竹地笑着拉起我的手，回到热闹的人群中。

盛大的歌舞酒会上，克索斯端了一杯红酒给我，我一饮而尽。然后我和他旋进跳舞的人群中。他喜欢离我很近，近到可以感受到呼吸的位置。只是这次，我不再慌乱，或许是酒的缘故，我仰起脸，笑对着那张动人的面容。有一刻，我居然有一些奇怪的恍惚，似乎这个场景，我在哪里曾经遇见过。

最后，克索斯还在众目睽睽之下，演奏了一支美妙的乐曲，曲终，所有的人都鼓起掌来。

散场的时候，我还在恍惚中，但是我仍不忘记在人群中寻找阿波罗的影子，很失望，不知道他去了哪里。

克索斯飘忽的声音将我凌乱的思绪及时拉回，艾可，你令我难忘。

6

所有的人都在这次歌舞酒会之后，开始向我打探我舞伴的名字。

姐妹们羡慕地说，你是从哪里，寻到如此英俊的男子，与你共舞的？艾可，你简直艳射全场，你们两个，真的是天造地设的一对，连维纳斯，都驻足观看你们的舞步呢！

我瞠目结舌，我的思想一直在神游，不知道自己原来造成了如此巨大的轰动。

我诚实地说，除了他的名字，我对他一无所知，我只知道他叫克索斯。

他和阿波罗相比，简直无一不及。

淡如眉弯

天使
只在 夜里 哭

或许是女人，都有不可操控的虚荣心，我几乎被这些急迫的赞美和询问冲昏了理智和头脑。等我清醒过来的时候，我发现，我一点都没有说错，除了名字，我对他几乎一无所知。可是我不能不承认，克索斯是一个极具吸引力的男人，我甚至在他的面前，忘记了阿波罗的存在，怎么可能，怎么可能？

可是，心，再也平静不下来。

猛地想起，我和克索斯如此地张扬，势必被潘恩看到，无论我是多么不可能接受潘恩，但是要我在众人面前给他难堪，我是万万不肯的。我有些懊恼，他甚至已经，不肯来见我了。

我喜欢克索斯吗？我不知道。奇怪的是，每次见到他，都会令我莫名其妙地面红心跳。我曾经以为除了阿波罗，世界上再没有一个男人，会令我如此。

我推开窗，突然被眼前的一片花海给吓坏了。

姐妹们都惊呼而出，是谁采集了如此多的玫瑰？

我心跳，有人喊，艾可，艾可！你的白马王子，来救你出城堡了！

克索斯就是这样，从花海后面走出来的，似一个突然被揭晓的谜底，他微笑着，站在阳光里，那么俊美的一个白衣少年。潘恩只会送来羊群或者葡萄，阿波罗又是遥不可及，我几乎被克索斯给征服了。我走了出去，迎向克索斯热烈的目光。

艾可，我要带你走。克索斯抓住了我的手。

7

我坠入甜蜜的爱里。

克索斯，克索斯，我的美貌少年。

我们几乎日夜在一起，几乎不用任何言语，只要可以看到彼此幸福的笑脸，便觉天下美好。我们饮露水都感觉是琼浆，吃野果都感觉是山珍。原来爱情，是如此甜美的一件事情。

我环住克索斯的脖子，感慨地说，如果可以，我真的愿意时间停住脚步。为此，我可以放弃神界不老的荣耀。

克索斯凝视着我的眼睛，久久不说话。

那一夜，黑暗中，克索斯突然抱紧我，说，艾可，无论何时，请你一定相信，我爱你。

我将之当作是最甜蜜的情话，枕着入睡，直到天亮。

8

宙斯的生日来临，又是一次盛会。

我和克索斯都为宙斯精心准备了礼物。人群熙攘中，我和克索斯走失，我正在四处找寻他的踪影，突然，我看到了阿波罗。

如此近在咫尺的，我一直顶礼膜拜的阿波罗。

但是在此刻，我发现自己不再慌乱失措。除了一些久已成习的喜欢，其他的感觉，居然在慢慢变淡，似他的眉弯。再浓烈的热爱，一旦遭遇中途挫折，也会变得如此，淡如眉弯吗？

他居然认出了我，他说，上次舞会上，看到过你的舞蹈。

我手捂面颊，原来不但是潘恩看到了，连阿波罗，都看到了我和克索斯。一阵温柔的甜蜜涌上心头，我道谢，阿波罗就此告别而去，经过我身边的时候，突然吹起了一阵微风。他的眉出现

淡如眉弯

天使
只在夜里哭

在我眼前，似是搅动了我多年尘封着的一根弦，我被回忆侵袭，那些为阿波罗思念过的岁月，赶潮一样地奔涌过来，原来爱情，真的是一件无能为力的事情，不过是转念之间，我就将爱情全部给了克索斯。克索斯，会不会也如我这般地容易意乱情迷？身处充满诱惑的天国，满眼都是各色出众的女神，我不过是状若微尘的一枚，何德何能，拥有着克索斯如此丰盛的热爱？这刻，我辛酸起来，爱，从来都是一件无能为力的事情，我唯信一切都有机缘。得之我幸，失之我命。克索斯，我的爱人。我如何才能令你明白我的不安和恐慌。

9

记不清楚是从什么时候开始的，我和克索斯不再那么恩爱。

似乎回忆起来的，都是一些零碎的琐事，我变成了最斤斤计较的世俗女人，他一个眼神的忽略，也令我备受伤害。克索斯开始是满满的宠爱和呵护，到后来，他终于累了，变成沉默地对峙。我受不了他日趋变化的态度，于是变本加厉起来。有次，我决意要离开，一个人跑到森林湖边去哭泣，一个人，我想起了很多往事，一些记忆，想起了和克索斯的初识、相爱、恩爱，到举步维艰。为什么，为什么那些快乐的日子是那么地短暂？我泪流满面，心如刀割，我想试图完美，到头来却搞得焦头烂额……

身后环绕过来一双手，如此熟悉的温度，我回过头去，看到憔悴的克索斯在我身后，面色枯竭，唇纹零乱。克索斯，克索斯，我的爱人，我紧紧地抱住他的胳膊。克索斯说，对不起，艾可，我想令你快乐，但是我总将事情搞糟。

我使劲地摇头，其实我很明白，不安是我的症结所在。我太缺乏自信，太缺乏安全感，但是这些忧患，又不是可以言说的，慢慢地结成一个不可掌控的结，肆意地生长在我们中间。可是我们又是那么地彼此相爱，爱，可以抵抗一切的，不是吗？

　　克索斯搂紧我的时候，在我耳边说，艾可，艾可，无论什么时候，都要记得，我爱你。

　　小心翼翼，如履薄冰，不能超脱，原来爱情对于任何人来说，都是一件棘手的事情，不管是凡俗的人，还是天国的神。

　　传来了阿波罗的新恋情，浪漫而又惊心动魄，他爱上一位与我一样默默无闻的女神丹弗妮，爱她，便要给她幸福，于是他追逐她，可是她，却任性地奔跑，头都不回。所有的神都被这女子的刚毅和决绝给吓倒，大家都屏息凝视着这一场战争，爱情的战争，每天都有新传闻满天飞舞，所到之处全都是关于这场惊心动魄的恋情的绘声绘色的描述。就这样度过了 49 个日夜，突然传来消息，丹弗妮就在阿波罗伸手可触的瞬间，变成了一棵桂树，这场惊世骇俗的故事，就此结束。关于其中的细节，各种版本接踵而来，各种纠葛也都若隐若现。

　　怎么会有如此决绝的女人，在万人迷恋的阿波罗的爱情里拼命逃跑，宁愿化作桂树，也不肯屈就接受？

　　在一个平静的夜晚，我去看望她，远远地，枝繁叶茂的一棵桂树，如此倔强地竖立在我的面前。

　　丹弗妮，勇敢的女子，我来看望你了，我是艾可。

　　她没有回答我，或许她，在树的掩饰下，也在动情伤心。

　　我倚在她强壮的树干前面，看着遥远的月亮，叹息地说，丹弗妮，真佩服你的勇气。换作任何的女子，都不可能做到你这样的坚持。

　　不坚持又能怎样？丹弗妮开口了，声音却无比疲惫，其实我

淡
如
眉
弯

天使
只在夜里哭

永远爱着的人，就是我一直在逃避的人。

我懵懵地听着她的话，不知所以，她继续说，我，不是他的第一，也绝不是最后，我不过是他生命中无数的遇见之一。爱，从来都是伤筋动骨的东西，与其将来被我爱的男人抛弃，不如永远地把遗憾留给他，那么，我至少可以做到最特别。

我突然想起了我的克索斯，原来我的爱情，是如此地平凡，如丹弗妮所说，我一定不会是克索斯的第一，可是，我，能成为他的最后吗？我没有把握，束手无策，或者，我也不过就是他众多遇见中的一个，那么，我将留给他什么呢？一些甜蜜并烦恼的记忆？一些由此看破爱情的理由？

我呼吸困难，告别了丹弗妮，返身回去。

10

途中，我看到了月光下的阿波罗。

如此近距离地看到他，我躲在一棵大树后面。

阿波罗，一定是在为心爱的丹弗妮伤心，他低垂着头，无精打采，长长的睫毛上面沾着一颗晶莹的泪珠，我有些难过。我曾经爱慕着这个男人，但是现在我们分别为另外的人伤心，我们虽然远不相同，但是我们一样为爱情焦头烂额。他的爱情比我壮烈，原来，再光辉的男人，也有为之折身的爱情，连阿波罗都逃不过。

我不知不觉地走了过去，在他的身边站住，月光下，无比嘘叹。阿波罗看到了我，微微地露出一个笑容，可那是比哭泣还令人心酸万倍的表情。我心疼地伸手摸了摸他的脸，在眼神交汇的一刹那，我似乎一下子明白了原来我一直是爱着眼前的这个男人的。尽管我有了克索斯的爱情，可是，那也不过是转移的爱恋，明知道得不到，转而喜欢类似的人，进而以为自己真的已经不再喜欢。当我再度遇见，一切便将我先前构建起来的虚幻给全盘击溃，阿波罗……

阿波罗握住我的手，声音凄凉地说，艾可，艾可，请你不要走，请你陪伴我。

……

艾可，请你不要走，请你陪伴我。

亲爱的阿波罗，如果你愿意，我一定陪你，一定不走。我多么想说出这样壮烈的话来，可是话到嘴边，我却说，一切都会好起来的，你是万神景仰的阿波罗，你一定要好起来……

说完这些话，我想迅速离开，无论如何，我不能背弃克索斯的爱，尽管现在我和他之间，是那么微妙地战战兢兢，尽管我或许一直将他当作是我爱的阿波罗，但是无论如何，我都不要背弃他的爱。

艾可！

阿波罗的声音把我钉在了原地，几十秒的僵持之后，我的一切克制的理智完全瓦解、崩溃。天旋地转之后，我紧紧地拥住了阿波罗的脖子，我终于能够拥住阿波罗的脖子了，这是多少个日夜梦寐以求的事情，而现在，因着他感情的差池，如此地圆满了我。我泪流满面，久久不能自已，或者是我有意令自己意乱情迷。此刻我什么都不想，我不想阿波罗或许不过是把我当作悲伤时候的一个疗伤的良药，也不想与我有着金石盟约的克索斯，更不想茫茫未知的以后，阿波罗，阿波罗，你永远是我不可逃脱的咒，一旦遭遇，我只能毁灭，心甘情愿地毁灭。

……

11

不见了克索斯，哪里都找不到克索斯了。

我有点惊慌失措。克索斯，克索斯，你在哪里？我似一个双手沾满了罪恶的刽子手一样，悲伤地四处奔走，克索斯，你在哪里？

终于，在湖边，我看到了他。他寥落地站在湖边，双目出神地看着水面，水上有一圈一圈的水纹波动，继而平静，再波动，再平静……我看着他憔悴的背影，心如刀割，克索斯，我的爱，我竟然可以在爱你的时候，发现我一直不曾忘记另外的男人……

克索斯唤了我的名字，艾可，艾可，你来。

我木然地走到了克索斯的身边，他的唇如此干枯，他的面容如此蜡黄。我忍不住流下了眼泪。

克索斯说，艾可，不要难过，这原是机缘注定吧。我有一件事情必须要告诉你，我一直隐瞒了你，现在，我必须要告诉你了。

我吃惊地看着一脸肃穆的克索斯，好像转眼之间，我们之间变得那么陌生，那么遥远，不可触及。

克索斯继续说，其实，我一直在欺骗你，我并非什么协助宙斯的伟大的克索斯。我，是你一直厌恶的、疏离的，潘恩。

晴天霹雳，我即刻遭遇，我站在克索斯的面前，不能呼吸，不能思想，不能动弹……怎么可能？怎么可能！我说，克索斯，克索斯，无论我有什么错误，请你一定不要开这样的玩笑来吓我……你……你是克索斯，你是我的克索斯……你怎么可能是那早就销声匿迹的潘恩……

克索斯笑了，艾可，你不觉得很奇怪吗？为什么对你一往情深的潘恩消失了呢？其实他没有消失，他一直就在你的身边，陪着你、爱你、疼你。

……

我知道你在心里，一直是厌恶着我的外貌丑陋，不肯施舍一点爱情给我。可是，艾可，我不能不爱你，我不能不爱你。我求丘比特帮我，求了无数的日夜，终于把他感动，他告诉我，你心里爱着的男人，是阿波罗。我当然知道，我和阿波罗，简直有着天壤的差别。我灰心沮丧，几乎不能维生，艾可，没有你，我甚至不能维生。

……

丘比特可怜我，于是问我，是不是只要能够得到你的爱情，就可以满足。我说是的。他说，牺牲一切也在所不惜？我说是的。于是，好心的爱神，就将我幻作了阿波罗的模样，这样，就可以得到你的爱，但是，如果你的感情改变，那么我将跌入到万劫不复的深渊，甚至丢掉性命。我想，或许我应该一搏。

……

我于是变成了和阿波罗类似的美男子克索斯。你爱的克索斯。我想用尽我所有的爱情来滋养你、宠爱你。可是，我始终是害怕你终于有一天不再爱我，那么我将一无所有。因为紧张，所以小心，我们之间慢慢地不再恩爱，我多么地害怕，却又无能为力……艾可。

……

而我发现，原来你爱的，一直是阿波罗，你从来没有不爱他，你爱的克索斯，不过是阿波罗虚幻的一个影子。我没有任何办法，丘比特也没有，唯有爱情，令一切束手无策。我现在告诉你这些话，不求你的原谅，只希望你明白，我是多么地，多么

淡如眉弯

地，爱你。

我的一切思维全部都没有了，我呆呆地听着这一切，似乎在听天方夜谭。原来我一直厌恶的潘恩，变作我最爱慕的阿波罗的模样，一直在欺骗着我……这多么可笑，原来我，仍没有能够逃脱命运的玄机……

就在我思维恍惚的时刻，克索斯突然纵身跳到了湖水里，他的身体在我的注视下飘零、辗转、消融，我猛地清醒过来，于是我大喊了起来，克索斯！克索斯！你怎么可以，你怎么可以就这样死去？

我的眼泪汹涌澎湃，我肝肠寸断，我还没有来得及接受眼前的一切，便又有新的突发事件逼来，我如何能够接受这一切呢？

这时候，我看到了阿波罗，我的呼喊声惊动了他，他翻身跳入湖中，将奄奄一息的克索斯给救了出来。

12

一切，都结束了。

宙斯听说了潘恩痴情的事迹，遣派他进了12星宫，因着他的执著和坚韧，他被封为摩羯座的守护星。

阿波罗又有了新传闻，似乎是某个岛国的公主。

想必他早已经不记得，那个在他伤心欲绝的时候，给过他温暖的、一直爱他不能自拔的艾可了。

我为自己的爱情纵火飞扑，结果我成为他众多遇见中的一个，不可能是第一，也绝不会是最后，不是最痴情的，更不是最特别的……可是，没有关系，我得偿所愿了。毕竟，我深爱的男人，我已经拥过了他的脖子，我也曾经盛开在他的怀抱里，这也就足够了。

有一夜，在我的梦魇里，我一直在流汗，呼吸困难。后来我看到了潘恩。他面无表情地坐在一颗灿烂的星星上面，他说，艾可，我的爱，你还好吗？

我点点头。

潘恩说，我掌管的星座下的男人，都是试图出人头地的，但是我深知爱之辛苦，所以，这个星座下的男人，都可以为事业，放弃爱情。

我点点头，辛酸不已。

潘恩说，我偶然来看看你，现在我要走了。艾可，我只想问你一句话。

我点点头，他说，当我是克索斯的时候，你除了将我当作是阿波罗的影子之外，有没有一点点喜欢过我？

我想了好久，说，有的。

潘恩沉默了好久，似有眼泪在眼角，他说，好的，我明白了。再见，我的艾可。

……

克索斯不会知道，我之所以那样地爱他，那样地依恋他，除了他和阿波罗相似的容颜之外，其实最重要的，是他和阿波罗完全不同的眉。阿波罗的眉是那么淡，那么淡，就像他所有的爱情那样，淡如眉弯，爱过就忘记；而克索斯，他的眉，饱满而浓烈，就像潘恩一直坚持着的、从不曾改变过的、爱。

淡如眉弯